CW01496300

A Lissa y Mandy, con cariño

EL BARCO DE VAPOR

Nube de Noviembre

Hilary Ruben

sm

Primera edición: noviembre 1980
Trigésima cuarta edición: marzo 2008

Dirección editorial: Elsa Aguiar
Traducción del inglés: Eduardo Martínez
Ilustración y cubierta: Irene Bordoy

Título original: *The Calf of the November Cloud*

© Hilary Ruben, 1977
© Ediciones SM
   Impresores, 2
   Urbanización Prado del Espino
   28660 Boadilla del Monte (Madrid)
   www.grupo-sm.com

ATENCIÓN AL CLIENTE
Tel.: 902 12 13 23
Fax: 902 24 12 22
e-mail: clientes@grupo-sm.com

ISBN: 978-84-348-0860-7
Depósito legal: M-5.928-2008
Impreso en España / *Printed in Spain*
Gohegraf Industrias Gráficas, SL - 28977 Casarrubuelos (Madrid)

Ésta es la historia de un joven masai *y de* su amor a Nube de Noviembre, *un becerro del rebaño de su padre. Los* masai *son nómadas y viven en* manyatas, *que son un círculo de cabañas fabricadas con ramas y cubiertas con estiércol y barro. Las cabañas están rodeadas por una empalizada, y durante la noche meten a los animales en el centro del círculo.*

Las aventuras de Konyek son, naturalmente, imaginarias, pero las costumbres y tradiciones masai, *sus mitos y leyendas son auténticos. También lo es el amor de los* masai *por sus animales.*

Las costumbres de los dos elefantes amigos de Konyek tienen también el valor de lo verosímil. Está dentro de lo posible que unos elefantes actúen como los que aparecen en la obra. En África corren de boca en boca leyendas sobre estos animales, su inteligencia, su bondad y su fuerza; algunas de ellas, perfectamente de acuerdo con los hechos que se relatan en esta novela.

Pero hoy está ocurriendo algo terrible. Hombres, ávidos de marfil, matan elefantes a millares. Pronto, si no detenemos la acción de estos cazadores furtivos, no habrá elefantes adultos. Y las crías, huérfanas, no tendrán a nadie que las cuide y las enseñe; a nadie que las guíe para encontrar agua y alimento; a nadie que les dé el cariño y la seguridad que necesitan, lo mismo que las criaturas humanas. Por eso, muchos morirán de hambre, y otros, de tristeza y soledad.

Los elefantes, y los demás animales que viven en estado salvaje y con los que compartimos la tierra, sobrevivirán si todos consideramos que el problema es serio. Puede ayudarlos el hecho de pensar en ellos con preocupación y cariño.

H. R.

1 *Ha nacido un becerro*

JUSTO antes del alba, cuando los búfalos van a beber, se despertó Konyek y se deslizó fuera de su pequeña cabaña de adobe y paja. Las estrellas aún brillaban y pudo distinguir las viviendas dispuestas en círculo y el ganado en el centro. Oyó el viento en las ramas de los árboles y el lejano rugido de un león. Pero no sintió miedo, porque las cabañas rectangulares de adobe y paja del poblado estaban rodeadas por una elevada empalizada.

Se movió entre el ganado e incluso en la oscuridad reconoció a cada animal, acarició sus lomos y les llamó suavemente por su nombre. De pronto, el viento lanzó al cielo una nube, como una burbuja de plata que se reflejaba en el círculo de cabañas, en el ganado que había en el centro y en la figura enjuta del muchacho. En aquel momento, en la pálida claridad, Konyek divisó la figura de un becerro recién nacido. Lanzó un grito, se arrodilló junto a él y, acariciando su húmedo pelaje, le habló dulcemente. Vio que era de color de ébano y que tenía en la frente una mancha que se asemejaba a una nube de verano.

El sol emergió, redondo y rojo, en el cielo pálido; fue creciendo, haciéndose cada vez más rojo y vivo, hasta que llegó un momento en que parecía que el cielo estaba en llamas; para entonces el poblado ya se había despertado. Las mujeres se dirigían a ordeñar las vacas, y los pastores se aprestaban a llevar el ganado a pastar. Sólo Konyek permanecía inmóvil, junto al becerro recién nacido. Al cabo de un rato se acercó su padre y dijo:

—¡Vaya! Por fin ha parido la vaca *Lluvia menuda*.

—Sí, padre —contestó Konyek—. Parió durante la noche, antes de la hora en que el búfalo va a beber. Mira qué bonito es su becerro. ¿Qué nombre le vas a poner?

Su padre se quedó pensativo un instante, miró al cielo y dijo luego:

—Ahora estamos en el mes de noviembre, cuando las nubes del cielo se vuelven blancas. Mira al horizonte, hijo mío, mira las nubes, grandes como cabras tras la lluvia de la Pléyade y blancas como sus cabritillos. Llamémosle al becerro *Nube de Noviembre,* porque ése fue el momento de su nacimiento y porque tiene en su frente una mancha que es como una nubecita blanca.

Y así se llamó el becerro y Konyek quedó

satisfecho. Se convirtió en su favorito y deseó vehementemente tener la oportunidad de poder demostrar su valor para que algún día su padre pudiera darle el becerro en propiedad.

2 *Tiempo*
de abundancia

En los días que siguieron, el corazón de Konyek estallaba de gozo debido al becerro, al agua que veía en el río y a la hierba que crecía alta y brillante. Todos los días llevaba el rebaño de su padre a pastar, y siempre permanecía junto al becerro *Nube de Noviembre*. Adoraba el calor dulce de su lomo y la suavidad de su cuello negro y aterciopelado, y lo cuidaba de forma especial para evitarle cualquier daño. Entre los animales salvajes que vagaban por las colinas y las llanuras, se encontraban el leopardo, la hiena y el león.

Pero él no tenía miedo. Sabía que los animales no le atacarían si él no les amenazaba y que sólo mataban cuando estaban hambrientos. Los olores que le traía el aire, las huellas de las pisadas en el suelo y los excrementos de los animales le indicaban cuáles estaban cerca; y desde gran distancia, su aguda vista era capaz de descubrirlos. Incluso, sus finos oídos le permitían percibir si se movían entre la alta hierba.

Gracias a los buitres que volaban describiendo círculos, sabía que los leones estaban comiendo tras una matanza y que las aves aguardaban para rebañar los huesos. Cuando el pájaro de la lluvia iniciaba su canto monótono, sabía que pronto se acumularían las nubes y los cielos descargarían el agua sobre la tierra sedienta. Cuando cantaba el pájaro de la miel, sabía que, si lo seguía, le conduciría hasta un árbol en el que las abejas habían construido su enjambre, llenando sus panales de miel. Donde se congregaban los blancos airones había elefantes, pues aquéllos los seguían de cerca, para comer los insectos desenterrados por las pisadas bruscas de sus enormes pies.

Unas veces le acompañaba su hermano pequeño, Marangu, y otras iba solo, vagando por las llanuras y las colinas donde crecían los higos salvajes y los árboles de hojas pequeñas y espinas como agujas, que producían leves accesos de fiebre. De sus ramas volaban pájaros de colores vivos, estorninos de alas azul marino, jilgueros de pecho color lila y tejedores de colores dorados.

A veces, Konyek se encontraba con su primo Parmet que estaba reuniendo el ganado. Antes salían juntos y se encontraban a gusto pues eran como hermanos. Vivían en el mismo poblado, y la madre de uno era como una madre para el otro, por lo que cada muchacho tenía muchas madres y padres, así como muchos abuelos. Pero últimamente Parmet había cambiado. Se había vuelto vulgar y fanfarrón, y evitaba a

Konyek porque tenía celos de él. Se daba cuenta de que Konyek era el favorito de su abuelo Ol-Poruo, que era famoso en todo el territorio por su sabiduría y su valor. Notaba, también, que las chicas dedicaban sus miradas a Konyek y que los chicos escuchaban lo que decía. Pero Parmet era más fuerte y mayor, y rivalizaba con su primo en un derroche de palabras y demostraciones de fuerza, por lo que a veces los otros tenían miedo de él.

Durante esta época de abundancia, Konyek no pensaba en Parmet. Vigilaba las manadas de cebras y de búfalos, los graciosos impalas de cuernos finamente tallados, los mandriles que se acicalaban uno a otro, y vigilaba el becerro *Nube de Noviembre,* que crecía fuerte gracias a la leche de su madre.

Cuando oscurecía, regresaba al poblado. El círculo de cabañas se confundía con la tierra, pues eran del mismo color; exactamente igual que un topo o un erizo, que tienen también el color de la tierra. Su armazón era de ramas entrelazadas, y esa estructura se cubría con estiércol del ganado para impermeabilizarla en los meses de lluvia. No tenían puertas ni ventanas; sólo una pequeña entrada de poca altura, y todas las esquinas eran curvas, por lo que su forma se parecía algo al caparazón de un *cauri* [1].

---

[1] *Cauri:* molusco abundante en las costas de Oriente, cuyo caparazón blanco y brillante se usa como moneda en la India y en las costas africanas. *(N. E.)*

La entrada era estrecha y oscura, como un túnel pequeño, y describía una curva hasta dar a un cuartito de tierra y ramas. Se iluminaba con las llamas de un fuego y Konyek se sentía allí seguro y abrigado; las esquinas redondeadas reflejaban numerosas sombras, las calabazas redondas que reposaban en el suelo estaban llenas de leche y sus hermanos y hermanas estaban pendientes de él. A la luz de las llamas amarillentas que vacilaban en el círculo de piedras colocado en el suelo de tierra, veía la cara sonriente de su madre y las hileras de collares de cuentas que llevaba, así como las largas tiras de cuero, adornadas con abalorios, que colgaban de sus orejas.

Luego llegaba la hora de la charla, y eso era lo que más le gustaba a Konyek, porque era cuando su abuela, la mujer de Ol-Poruo, contaba sus historias. Contaba cómo empezó el mundo. Hablaba del primer *masai* [2], de la astucia de los animales; hablaba también de hombres que unas veces eran cobardes y otras valientes. Aquella noche, durante la época de abundancia, cuando *Nube de Noviembre* tenía dos meses, Konyek le pidió que le contara la historia de los niños del sicómoro.

Su abuela sonrió, y una luz afloró a sus ojos apagados, como la de un fuego que arde lenta-

---

[2] Los *masai,* pueblo de pastores, habitan al sur de Kenia, en una reserva de 37.800 km². Una tercera parte de su territorio es muy árida, con lo que, frecuentemente, tienen enorme dificultad para mantener su ganado. *(N. E.)*

mente, y su rostro se arrugó como la tierra que espera la lluvia. Los niños se arrimaron a ella, las llamas se balanceaban y todo estaba tranquilo, cálido y seguro; entonces ella empezó su historia.

3   *Los niños del sicómoro*

HACE muchos años, había una mujer que ya no era joven y que vivía sola. Dios no le había concedido hijos ni marido, y era desgraciada, aunque no comprendía la razón de su pena. Pero una noche soñó que su cabaña estaba llena de niños; oía su griterío y la alegría de sus risas y notaba el calor de sus abrazos. Cuando despertó, la cabaña estaba silenciosa y vacía. Entonces comprendió por qué estaba afligida y se dijo a sí misma: «Soy desgraciada porque vivo sola y porque no tengo hijos, pero iré a ver al brujo que vive al pie de la *Colina de las Decisiones Sabias* y le pediré ayuda».

Ordeñó su vaca y la ató para que no se alejara demasiado. A continuación se encaminó a la casa del brujo, llevando una cabra atada a una cuerda de hierbas trenzadas. Siguió un sendero estrecho que los elefantes habían hecho a través de los arbustos y del bambú que crecían juntos, hasta que llegó a un arroyo. Allí estaban bebiendo unos gamos de piel mullida y ojos grandes y tranquilos, unos impalas de color castaño y una elefanta con su cría. El agua del arroyo era cristalina y transparente y la mujer se agachó también para beber. Al agacharse, se vio reflejada en el agua y se dio cuenta de que no era joven ni guapa, y quedó aún más afligida que antes. Pero depositó toda su confianza en el brujo y rápidamente se puso en marcha con la cabra.

Al fin divisó la colina, con su elevada cumbre de forma cónica como un sombrero de paja. Hacía mucho tiempo, allí arriba, los ancianos del pueblo habían juzgado a algunos malvados y, como los habían juzgado sabiamente y bien, la gente había denominado al lugar la *Colina de las Decisiones Sabias*. Al pie de la colina se encontraba un círculo de cabañas y allí vivía el médico-brujo.

Estaba sentado sobre una piel, bajo una higuera sagrada, justamente a la salida del poblado y tenía junto a sí su calabaza llena de piedras mágicas. Era muy viejo, y sus ojos denotaban todos los conocimientos que había heredado de su padre y de su abuelo, que le habían precedido en el oficio. La mujer le dijo:

—¡Oh, brujo, tengo un problema!

El brujo le dijo:

—¿Qué clase de problema tienes?

Dijo la mujer:

—Mira, ya no soy joven y no tengo marido ni hijos.

El médico-brujo quedó pensativo un momento y luego preguntó:

—¿Qué es lo que quieres, el marido o los hijos?

La mujer pensó para sus adentros: «Desearía ambos, pero si ve que soy codiciosa, quizá no me dé nada. Si elijo un marido, podría pegarme y repudiarme por ser demasiado vieja para tener un hijo».

Así que contestó:

—No quiero un marido. Deseo los hijos.

Y el médico-brujo le dijo:

—Ve a buscar tus cacharros de cocina, carga tantos como tus fuerzas te lo permitan y llévalos a un sicómoro que dé fruto. Ve por la mañana temprano a la hora en que el sol ilumina el cielo, recoge el fruto del sicómoro y llena con él tus cacharros. Vuelve entonces a tu cabaña y mete dentro los cacharros; ve a dar un largo paseo y no vuelvas hasta la hora en que el ganado regresa al poblado.

La mujer dio las gracias al brujo, le ofreció como regalo la cabra que había traído, y dijo:

—Bien, ya me marcho.

El médico-brujo contestó según la costumbre de los *masai:*

—*Así sea. Adiós. Rézale a Dios. Acércate sólo a las cosas que son dignas y no te reúnas nada más que con los ciegos.*

Entonces la mujer le contestó según la costumbre *masai:*

—*Que reposes con vino de miel y leche.*

18

Y el brujo, asintiendo con su sabia cabeza gris, replicó:

—Así sea.

Partió entonces la mujer, y regresó a su cabaña por la senda de los elefantes. Cuando llegó, la luna había salido ya y vio que era plenilunio; ordeñó la vaca y vertió un poco de leche en la tierra diciendo para sí: «A Dios le gusta esto. Tendré hijos y crecerán felices, al igual que la luna ha crecido feliz esta noche hasta alcanzar su plenitud».

Luego se metió en su cabaña y se durmió. Por la mañana, a la hora en que el cielo tiene el color del humo, reunió sus cacharros de cocina, apropiándose de uno más, que era de su hermana, y se dirigió al lugar en que se hallaba un sicómoro que daba fruto. Para entonces, ya todo era de color rojo sangre, la hora en que el sol naciente inflama el cielo. Siguiendo las instrucciones del médico-brujo, recogió el fruto del sicómoro y llenó todos los cacharros. Después los llevó a su cabaña y, dejándolos tal como el viejo le había ordenado, se fue a dar un largo paseo. Cuando se cansó, se tumbó bajo una higuera y se quedó dormida. Al despertar era mediodía, el sol estaba en su cenit y esperó hasta que descendieran las sombras. Entonces inició su camino de regreso al hogar.

Cuando se encontraba cerca, oyó voces de niños que jugaban. Se quedó paralizada, escuchando incrédula, y se dijo a sí misma: «¿Cómo es posible que oiga niños jugando en la casa?»

Seguidamente entró y encontró su casa llena de niños. Todo su trabajo estaba hecho: las niñas estaban barriendo el suelo, los niños habían llevado sus dos vacas y sus cabras a pastar, y los guerreros estaban danzando fuera, en el poblado.

Ahora se sentía feliz porque tenía muchos niños y permanecía con ellos días y días.

Pero ocurrió que un día les reprendió diciendo: «No sois más que hijos de un sicómoro». Una vez que hubo dicho esto, los niños callaron y no dijeron nada. Y cuando ella salió de su cabaña para ir al poblado, se marcharon sigilosamente, regresando al sicómoro. Allí se transformaron de nuevo en fruto y desaparecieron.

Al volver la mujer a su cabaña y descubrir que no estaban, ni siquiera uno, lloró durante toda la noche. Por la mañana, como no habían vuelto, se puso en marcha una vez más hacia la casa del médico-brujo. De nuevo se encaminó por la senda de los elefantes y cruzó el arroyo al que bajaban a beber los impalas, los gamos y todos los demás animales, continuando su camino hasta llegar a la *Colina de las Decisiones Sabias*. El médico-brujo estaba sentado fuera de su cabaña y ella le dijo:

—¿Qué hago ahora? Se han ido los niños que me diste.

El médico-brujo dijo:

—No sé lo que deberías hacer ahora.

La mujer le preguntó:

—¿Debo ir otra vez a buscar entre las hojas del sicómoro?

Y el médico-brujo replicó:

—Ve a intentarlo.

La mujer regresó de nuevo a su cabaña y por la mañana, cuando el cielo era de color de humo, reunió todos sus cacharros y tomó además uno de su hermana. Los hijos de su hermana se despertaron y le preguntaron que adónde habían ido sus primos el día anterior y si habían vuelto. Pero ella no tuvo palabras, sólo lágrimas. Y no pudo contestarles.

Se dirigió con los cacharros al sicómoro y trepó por sus ramas como había hecho la vez anterior. Pero, para sorpresa suya, los frutos la miraban fijamente, y se asustó tanto que no pudo moverse.

Durante todo el día permaneció en el árbol, con la mirada fija en los frutos, sin el más mínimo parpadeo; y sus extremidades se quedaron rígidas de miedo. Pero poco antes de que cayera la noche, pasaron casualmente por allí dos jóvenes guerreros. Ella les llamó, la ayudaron a bajar y la acompañaron de vuelta al poblado. Nunca más fue en busca de los niños; su cabaña se quedó silenciosa y vacía y, a menudo, se pasaba la noche llorando. Incluso muchos años más tarde, había veces en que aún sollozaba.

LOS niños se quedaron en silencio cuando su abuela terminó la historia. Una rama crepitaba en el fuego y se podía oír el canto de las cigarras proveniente del exterior. Tras una pausa, la abuela le dijo a Konyek:

—¿Por qué le quitaron los niños a la mujer, hijo mío?

El contestó sin vacilar:

—Porque fue desagradecida y no supo apreciar lo que había recibido; por eso la castigó Dios.

Parmet miró a Konyek con mirada rabiosa, porque su primo había respondido inteligentemente y porque era el favorito de su abuela. Esta movió la cabeza en señal de aprobación.

La noche cayó sobre la cabaña y los niños se durmieron. Sólo Konyek permaneció despierto, echado sobre las pieles extendidas, disgustado por la mirada de su primo y por el odio que Parmet le tenía. Salió sigilosamente y llamó con cariño al becerro *Nube de Noviembre,* que se encontraba con el resto del ganado en el centro del círculo de las cabañas. El animal reconoció su voz y se le acercó.

Pasando un brazo por su cuello, Konyek contempló la cumbre resplandeciente del Kilimanjaro, que era la montaña de su raza y el lugar en que residía Dios. Su cima redonda parecía asentarse sobre una nube como una perla de plata; admirándola, se olvidó de su primo y se tranquilizó. Más tarde, cuando se durmió, soñó que era un pájaro de plata y que su nido era una estrella que colgaba por encima de la montaña.

4 *Tiempo de escasez*

LOS meses pasaban, la tierra perdía su manto verde y oro, y se volvía polvorienta y parda. Toda la hierba de la llanura que se extendía frente al poblado y la de las colinas que se encontraban detrás, se había consumido hasta agotarse. También había cesado de cantar el agua en el río y el trozo que pasaba cerca del poblado fue el primero en secarse. Fueron meses de hambre aquellos de la escasez, y Konyek vagaba lejos del hogar, con el becerro *Nube de Noviembre* siempre cerca de él, en busca de pastos.

Algunas veces veía a su primo Parmet, no muy lejos de él, y cuando sus miradas se encontraban, los ojos de Parmet se llenaban de resentimiento y de hosquedad. Cuando eran niños habían jugado juntos y compartido sus secretos; pero ahora, Parmet no dirigía la palabra a su primo y Konyek empezó a temer que aquel muchacho, a causa de su rencor, pudiera causar algún daño a *Nube de Noviembre*.

Llegó abril y los relámpagos surcaban el cielo;

Konyek sabía que el gran pájaro de los cielos batía el agua con sus alas y que el resplandor plateado del cielo era el brillo de plata del agua. Pero no llovía. El dios rojo bramaba colérico y el dios negro respondía rugiendo; pero todavía no llovía. Todas las tardes, cuando las sombras empezaban a descender, se juntaban las nubes y se oscurecía el cielo; todas las tardes, poco después, el sol deshacía las nubes y la lluvia no llegaba.

Pasó mayo, que para los *masai* es el último mes del año, y la gente esperaba que el tiempo cambiase, cosa que ocurría a menudo con el plenilunio. Pero la luna creció, y luego menguó, y no se produjo cambio alguno. Dos veces más creció hasta hacerse llena y redonda, dos veces más se achicó hasta convertirse en una pequeña cicatriz sobre la superficie del cielo, y el sol seguía quemando la tierra como antes.

Por entonces la hierba era corta y blanca, como los rastrojos de un campo de trigo cosechado, y todos los arroyos estaban secos, por lo que Konyek se vio obligado a alejarse más que nunca en busca de agua y pastos para el ganado de su padre. Empezó a preocuparse, y temía sobre todo por el becerro *Nube de Noviembre*. En época de sequía el ganado empezaba a morir, y los primeros que morían eran las crías, pues la leche de sus madres se secaba, igual que los ríos, los charcos y los pantanos. El becerro *Nube de Noviembre* ya había sido destetado, pero no tenía la fuerza de un animal adulto para resistir el hambre, que se extendía por toda la tierra. Cuando regresó al poblado con el crepúsculo, Konyek pidió a Dios que lloviera, cantando con los restantes muchachos y muchachas del poblado:

Cae, lluvia, cae.
Apodérate de la piel seca de la tierra
y de mi sed.
Cae, lluvia, cae.
Llévate la piel dura de la tierra,
tráenos hoy leche y pastos.

Al mismo tiempo, los viejos del poblado, que para él eran como sus abuelos, prendían fuego a una madera sagrada y lanzaban a las llamas un hechizo facilitado por un brujo. Se juntaban alrededor del fuego y cantaban el himno de los viejos:
—¡Basta, dios negro! —gritaba uno de ellos.
Y los otros replicaban a coro:

Dios, a quien nosotros rezamos,
empápanos hoy.

Y uno de los hombres gritaba de nuevo:
—¡Basta, dios negro!
Respondiéndole los otros a coro:
—¡Vete, sequía, vete!

Dios, a quien nosotros rezamos,
empápanos hoy.

Las mujeres también cantaban sus canciones y sujetaban hierbas a los jaretones de sus faldas. Y como aun así la lluvia no llegaba, Ol-Poruo, que había previsto en sus sueños la sequía, habló con los demás ancianos y se tomó la decisión de que debían ir a visitar al médico-brujo. Como presentes para él llevarían dos cabras y una calabaza de cerveza de miel; luego se pusieron en camino.

Konyek les vio marchar, y él también abandonó el poblado y salió con el rebaño en busca de pastos. Caminando al lado del becerro se dio cuenta de que éste había adelgazado; su madre daba ya poca leche y sabía que, muy pronto, la gente y los animales estarían hambrientos. Ya notaba su estómago un poco vacío. Pasó un brazo por el cuello del becerro y sintió alivio al contacto de la cálida suavidad de su cuerpo. Ngai, el dios de su tribu, le ayudaría; el médico-brujo utilizaría su poder, mediaría en favor de la tribu y pronto llovería. Pero él no podía esperar a que esto ocurriera. Este mismo día tenía que encontrar agua para su ganado, y le juró dulcemente a *Nube de Noviembre* que apagaría su sed antes de que anocheciera.

Se quedó en el valle, pues allí era donde el agua, acumulada en las colinas, permanece cuando el resto de la tierra se seca; no se dio cuenta de que le seguía su primo. Sólo se dio cuenta de que el arroyo se había secado y que sólo había piedras en su cauce. Remontó su curso más arriba de lo que nunca lo había hecho antes, pasó rocas enormes y bambúes altísimos, pero ni aun así pudo encontrar agua.

Dejó la orilla del arroyo y se adentró en el ancho valle. Pudo ver muchas clases diferentes de animales, mezclados unos con otros, bebiendo: la cabra y la gacela, el búfalo y el mandril, la hiena y la jirafa. Algunos se alejaban ya y, cuando él llegó con su rebaño, sólo quedaba el barro espeso.

Ya no sabía en qué dirección ir. Por todas partes se sentía el terrible calor del sol, el olor del polvo, y seguía la sed del ganado, especialmente la sed de *Nube de Noviembre*. En su desesperación, Konyek se volvió hacia la montaña y, contemplando la deslumbrante blancura de su cima, extendió los brazos a modo de oración.

Cuando volvió a mirar hacia el valle, vio a lo lejos una silueta pequeña. Aquel hombre estaba corriendo y llevaba en su mano un arco y una flecha. Se detuvo un instante para continuar corriendo nuevamente y, en ese momento, Konyek oyó el canto de un pájaro de miel. Gracias a esto supo que el hombre era un *dorobo* [3] y que estaba persiguiendo al pájaro, que lo conduciría hasta la miel. Konyek abandonó el rebaño y corrió tras el *dorobo*, con la intención de preguntarle si sabía dónde encontraría agua. Y es que los *dorobo* son nómadas sin hogar, cazadores de

---

[3] Miembro de otra tribu de Kenya.

elefantes y comedores de miel, y conocen los secretos de la tierra igual que los animales y los pájaros.

Konyek le siguió velozmente, mientras Parmet, escondido entre los arbustos, vigilaba. Vio éste a su primo cuando dejaba el cauce seco del arroyo y corría velozmente por la pendiente de la colina, en la que había casias en flor, así como árboles de color escarlata. Cuando el pájaro de la miel se posó en una casia en la que las abejas habían hecho un enjambre, Parmet vio que Konyek daba alcance al *dorobo*.

El cazador no había visto ni oído a Parmet, que estaba demasiado lejos incluso para sus agudos oídos y sus rápidos ojos. Pero antes de volver su cabeza sabía que Konyek estaba allí: había oído el sonido de sus pies golpeando la tierra como el redoble apagado de un tambor, mucho antes de que le diera alcance, y había percibido su olor en el aire.

—¿Cómo está el ganado? —preguntó el *dorobo,* que conocía la tribu *masai,* así como la forma de saludarse unos a otros.

Konyek le contestó:

—Los ancianos han ido a visitar al médicobrujo, que puede hacer que llueva, y que la hierba vivificante aparezca en la tierra.

El cazador asintió y pareció desentenderse del muchacho. Introdujo un palo, que los *masai* llaman *macho,* en un pedazo liso de madera, que llaman *hembra,* y lo hizo girar entre sus manos hasta que saltó una chispa. Prendió entonces

unas cuantas hierbas secas y las puso bajo un poco de estiércol que había colocado en la corteza del árbol. Entretanto, Konyek esperaba pacientemente, pues habría sido de mala educación preguntar en seguida lo que quería saber.

—El humo hará salir pronto a las abejas —dijo el cazador—. Espera un poco y compartiré contigo la miel. Pero dejaremos algo para el pájaro; si no, me maldeciría por mi ingratitud.

Konyek estaba hambriento y le encantaba el sabor dulce de la miel, que no era frecuente que se la ofrecieran. Pero no podía esperar, pues su impaciencia por el ganado era mayor incluso que su deseo de la miel. Así que dio las gracias a aquel hombrecillo, cuyas piernas eran delgadas y curvadas como las ramas de un espino silbante, y cuyos ojos eran pequeños y brillantes como los de un pájaro. Y dijo:

—Cazador, tú que sabes tanto sobre las costumbres de los animales y los pájaros, ¿has visto agua en alguna de tus correrías?

El *dorobo* contestó:

—No lejos de aquí hay una charca que han hecho los elefantes con sus poderosos pies, en la forma en que actúan los elefantes en épocas de sequía. Ve allí y mira. Quizá no se haya secado toda el agua.

Explicó luego a Konyek cómo encontrar la charca y el muchacho le dio las gracias. Y corrió hacia donde se encontraba el ganado.

Lo condujo en la dirección que el cazador le había indicado, cruzando las cercanas colinas y a través de un delicioso valle; no se dio cuenta de que su primo Parmet le estaba siguiendo. Sólo miraba hacia adelante, escudriñando ansiosamente la tierra para vislumbrar el agua. Descubrió entonces una pequeña manada de elefantes; los animales estaban bebiendo tal y como había dicho el *dorobo*. La impaciencia crecía esperando que acabaran; al fin se alejaron y él se acercó con su rebaño. Siguió adelante con *Nube de Noviembre,* que se acercó cuando lo llamó y permaneció a su lado como lo hubiera hecho un perro. Le dejó beber primero, no fuera a ser que el resto de las vacas enturbiase el agua; y era tal su obsesión por el ganado, que se olvidó de su propia sed. Vio entonces a su primo, que se aproximaba con el rebaño de su tío; pero Parmet había tardado demasiado y las vacas de Konyek habían bebido y habían embarrado la charca. Los dos muchachos no intercambiaron una sola palabra, pero Konyek pudo notar el odio de su primo.

En aquel justo momento, los ojos agudos de Konyek notaron un movimiento entre la maleza, en la parte donde la falda de la colina se une al valle. Se quedó muy quieto y miró atentamente. En seguida vio que se trataba de un león y que éste estaba preparándose para matar.

Se movía despacio, indicando con sus pasos su propósito y conteniendo su energía. Avanzaba hacia el ganado y Konyek gritó a Parmet; pero su primo no le respondió. El león continuaba al acecho del ganado con sus ojos amarillos atentos a la presa. Konyek sentía un terror tan grande que contenía su respiración. El león continuó acercándose y Konyek se situó delante de *Nube de Noviembre* para protegerlo. El león se acercaba más y más, y Konyek sintió el latido salvaje de su corazón. El rebaño permanecía inmóvil, como si el pánico lo hubiera dejado de piedra. El león no estaba a más de treinta metros y parecía que sus ojos estaban fijos en *Nube de Noviembre*. Konyek se olvidó de todo excepto del becerro y empezó a correr hacia el león gritando y agitando su palo, en un intento de intimidarlo. Pero también el león inició una carrera veloz hacia él. En ese momento, una flecha surcó con rapidez el aire. Se clavó en el corazón del león; el animal vaciló y se desplomó por tierra. Konyek descubrió entonces que su amigo el cazador *dorobo* estaba cerca y que había sido él quien había disparado la flecha, salvándole.

El *dorobo* se acercó y, mirándole con ojos que parecían afables y radiantes en su cara mustia, le dio unos panales.

—Toma —dijo—. Prueba su dulzor en este tiempo de hambre.

Y antes de que Konyek pudiera darle gracias por haberle salvado del león, se marchó tan rápidamente como había llegado.

Konyek probó la miel y la encontró buena; pero la guardó para compartirla con sus hermanos y hermanas.

Cuando regresó, la comieron con avidez, pues

estaban hambrientos. Les contó entonces que el *dorobo* se la había regalado y la forma en que el pequeño cazador le había salvado del león. Pero no dijo nada de la cobardía de Parmet, ya que Parmet y él pertenecían al mismo clan y, por consiguiente, eran como hermanos. Los demás chicos y chicas del clan se habrían burlado de Parmet si hubieran sabido que había hecho caso omiso del grito de Konyek en demanda de auxilio.

Konyek no guardó ningún rencor en su corazón contra su primo y fue recompensado con elogios por su valentía. Confiaba en que su padre lo recordaría y que, cuando fuera circuncidado y se convirtiera en un hombre, le entregara en propiedad el becerro *Nube de Noviembre*.

Por la noche, sentados alrededor del fuego, los niños estaban hambrientos. Para alejar sus pensamientos del hambre, su abuela les contó la historia del primer *dorobo*.

5 *El primer dorobo*

EN el principio, antes de que Dios hubiera creado las vacas, los búfalos, los bosques y los montes, sólo había tres seres vivientes sobre la tierra. Uno era un elefante; otro una serpiente, y el tercero un *dorobo*. Dios creó entonces una vaca y el *dorobo* la tomó y se convirtió en pastor. Y los animales y el hombre vivían todos juntos.

El hombre se encariñó con la vaca, pero se sentía a disgusto con la serpiente, porque siempre que ésta le echaba el aliento, empezaba a picarle el cuerpo; un día le preguntó por qué pasaba eso, y la serpiente respondió:

—¡Oh!, padre mío, no he querido molestarte con mi aliento; perdóname.

El *dorobo* no contestó, pero en lo más hondo de su corazón no hubo perdón. Y aquella noche golpeó la cabeza de la serpiente con su garrote y la mató. Por la mañana el elefante echó en falta a su pequeña amiga y preguntó al *dorobo:*

—¿Dónde se ha ido la delgaducha?

El *dorobo* respondió que no lo sabía. Pero el

elefante, gracias a su sabiduría, supo lo que el hombre había hecho, y que no estaba dispuesto a reconocer su culpa. Ya no podía hacer nada, puesto que su amiga estaba muerta, y permaneció en silencio.

Llegó la noche, llovió, y la vaca del *dorobo* tenía agua para beber y hierba para comer. Con el tiempo, el elefante tuvo una cría a la que cuidaba tiernamente. Pasaron los meses y la cría creció fuerte con la leche de su madre; pero las lluvias habían cesado, la hierba se había marchitado y los arroyos se habían secado. Sólo quedaba una pequeña charca, y el elefante acudía allí después de comer para beber y se metía en el agua para refrescar su piel. Por esta razón, cuando llegaba el *dorobo* con su vaca, el agua estaba turbia. Se dijo para sí: «Si mato al elefante no se revolcará en la charca, y mi vaca podrá calmar su sed cuando acabe el día. Pero el elefante es mucho más grande que yo. ¿Cómo me las podría arreglar para librarme de él?» De esta forma inventó el arco y la flecha y disparó una flecha al elefante, matándolo.

El elefante joven se encontraba ahora triste y solitario y dijo: «No quiero quedarme aquí más tiempo con el *dorobo* porque es malo. Mató a la serpiente y a mi madre; me iré a vivir a otro sitio».

Durante noches y días vagó por la tierra, hasta que llegó a un lugar donde había árboles, hierba y agua. Había mucha comida y bebida, y se quedó allí.

Un día se encontró con un *masai,* y éste le preguntó de dónde procedía.

—Vengo de la tierra del *dorobo* que vive lejos, en el bosque —le contestó—. Dio muerte a la serpiente y a mi madre, y por eso me alejé de él y me vine a vivir aquí.

La noticia le interesó al *masai,* porque nunca había visto al *dorobo.* Así que rogó al elefante que le condujera al lugar donde vivía aquel hombre. El elefante accedió y se pusieron en camino los dos juntos.

Al fin llegaron a la casa del *dorobo,* y el *masai* la examinó con curiosidad, porque estaba construida con hierbas secas y le pareció como un gran nido de pájaro. El *dorobo* no vio al *masai,* pues se hallaba en el interior de la casa; pero en aquel momento Dios llamó la atención del *dorobo,* diciéndole:

—Acude allá mañana al amanecer, porque quiero decirte algo.

Pero el *masai* también había oído la palabra de Dios, y a la mañana siguiente se levantó antes que el *dorobo,* se situó en lo alto de la colina y gritó a Dios:

—¡Heme aquí, ya he venido!

Entonces Dios le dijo que tomara un hacha y que construyera un gran poblado que debía quedar terminado en tres días. Después tendría que ir al bosque y buscar un becerro pequeño que Dios había escondido entre los árboles. Cuando lo encontrara debía llevarlo al poblado, matarlo, despellejarlo y colgar la carne dentro del poblado. Pero no debía comer de ella y la piel tenía que atarla a la puerta de su cabaña.

36

Tendría entonces que cortar mucha leña, encender un gran fuego y arrojar la carne a las llamas. Después de esto debería ocultarse en la cabaña y pronto oiría un gran ruido fuera, parecido al estallido de un trueno; pero no debía alarmarse ni asustarse.

Así lo hizo el *masai*. Fue al bosque y buscó por allí hasta que encontró al becerro. Lo llevó al poblado y lo sacrificó, lo despojó de la piel y colgó la carne en el poblado. A continuación cortó leña, encendió un gran fuego y arrojó la carne dentro; cuando terminó se metió en la cabaña y se ocultó como Dios había ordenado. Esperó y cuando al fin oyó un enorme estruendo, semejante al estallido de un trueno, recordó la promesa de Dios y ni se alarmó ni se asustó.

Estaba escondido en la cabaña y no podía conocer la causa de aquel alboroto. Por su parte, Dios había ordenado que colgaran desde el cielo una larga tira de piel, cuyo extremo llegara justamente hasta la piel del becerro sacrificado. Luego hizo que el ganado descendiera por la tira de cuero; uno por uno fueron bajando del cielo los animales, hasta que todo el poblado estuvo lleno de reses, agolpándose unas contra otras, hasta que acabaron por derribar la cabaña en la que estaba oculto el *masai*. Este se olvidó de la palabra de Dios y gritó *¡Oh, oh!*, alarmado y asustado.

Salió entonces de la cabaña. Pero la tira de piel se había roto y ya no descendieron más vacas del cielo. Y dijo Dios:

—¿Hay ganado suficiente? Dudaste de mis poderes, flaqueó tu fe y te dominaron el temor y el asombro. Por eso no te enviaré más vacas ni hoy ni ningún día más. Estas son todas las que recibirás.

El *masai* regresó a su hogar con el ganado que Dios le había concedido en vez de al *dorobo;* lo cuidó bien y su número se multiplicó. Pero el *dorobo,* que perdió el ganado por la marrullería del *masai,* tuvo que cazar desde entonces para conseguir su alimento, disparando con el arco y la flecha.

De esta suerte sucede que, como al principio el *dorobo* tenía una sola vaca y Dios le concedió el ganado al *masai,* los *masai* creen que todas las vacas de la tierra les pertenecen. Y cuando ven vacas en las tierras de otras tribus, piensan que se las han robado; por eso dicen: «Llevémonoslas porque nos pertenecen. ¿Acaso no nos dio Dios todo el ganado cuando lo trajo a la tierra?»

LOS niños sonrieron encantados con la idea de que todo el ganado que existía sobre la tierra pertenecía a su pueblo. Pero Konyek se acordó de su amigo, el pequeño cazador, y sintió pena de que el *dorobo* tuviera que matar elefantes para comer por no tener leche de vaca para beber.

Se echó a dormir junto a sus hermanos. A través de una rama de un espino, la luna aparecía y desaparecía entre las nubes que movía el viento.

De repente se oyó el estampido de un trueno, al que siguió otro. Los niños se despertaron y algunos pensaron que era Dios que enviaba más ganado a la tierra. Pero los mayores reconocieron el sonido y esperaron con ansiedad el murmullo de la lluvia. Ol-Poruo salió y contempló en el cielo el destello de los relámpagos, brillantes como el acero. También escuchó atento y esperó.

Pero la lluvia no llegó.

6   *El ataque*

LA sed hacía que los animales fueran juntos en tropel: elefantes, cebras, gacelas, búfalos, jirafas y rinocerontes se entremezclaban en la gran comitiva que buscaba el agua y la hierba. Se agolpaban mientras caminaban juntos hacia adelante en su angustiosa búsqueda, levantando tras ellos una nube roja de polvo; algunos morían en el camino. Konyek había visto ya el primer cuerpo sin vida de un elefante y la pequeña figura de una cría de cebra. En los días que siguieron vio muchos más, pues ésta era la forma en que la naturaleza reduce el número de animales cuando éstos se han multiplicado excesivamente.

Vio también los primeros terneros muertos, y temió por el rebaño de su padre y especialmente por el becerro *Nube de Noviembre*. Entonces su abuelo Ol-Poruo, el del escudo invencible, convocó a todo el pueblo y dijo:

—Estamos pasando el tiempo del mes seco; el mes en que los pajarillos siguen a los rebaños y la tierra espera la lluvia. Pero el cielo aún no está preparado para regar la tierra. El gran pájaro del cielo no bate el agua con sus alas, ni el dios negro ruge detrás de las nubes. En las tierras que rodean nuestro poblado hay tanta hierba como pelos en la palma de mi mano. Por tanto, esperaremos un tiempo y, si no llega la lluvia, tendremos que emigrar y buscar nuevos pastos para nuestro ganado.

El pueblo escuchó sus palabras con satisfacción y asintieron con murmullos de aprobación.

Aquel día Konyek volvió a la charca que le había enseñado el *dorobo*. Vio que había unos cuantos elefantes y que tres de ellos estaban escarbando con sus enormes patas delanteras y habían hecho aflorar el agua. Ahora aguardaban a que el barro se posara, controlando a sus crías que estaban deseosas de lanzarse para calmar la sed. Mientras esperaba, vio crías de mandriles agarradas a la espalda de sus madres y lagartos temerosos que se movían rápida y silenciosamente por las rocas donde él estaba sentado. El sol intruso se filtraba en la tierra sedienta y se mantenía inmóvil, brillante y ardiente.

Los elefantes terminaron de beber, quedó un poco de agua y de nuevo esperó a que el barro se posara; entonces se acercó con su ganado. Cuando éste hubo bebido, el agua se había agotado y sólo quedaban el barro y el sedimento. En aquel momento vio que se acercaba Parmet y pensó que su primo le guardaría rencor porque no había quedado agua para su ganado.

Había por allí cerca unos cuantos brotes de hierba seca y, durante algún tiempo, los dos muchachos dejaron que sus rebaños pastaran cerca el uno del otro, pero no se cruzaron entre ellos ni una sola palabra. Konyek notó la mirada de su primo, cargada de odio y resentimiento y pudo sentir los celos que le consumían, igual que sentía los rayos del sol. Así que decidió alejarse. Pero en el momento en que conducía su ganado delante de él, un grito terrible rompió el silencio y sintió que su sangre se enfriaba como el agua de una montaña.

Reconoció el sonido, antes incluso de ver el destello de las lanzas y el grupo de guerreros que corrían hacia él lanzando gritos horripilantes. Estaba muerto de miedo e intentó azuzar el ganado para que se dispersara entre los arbustos. Pero los guerreros estaban ya pisándole los talones. Echó sus brazos al cuello del becerro *Nube de Noviembre,* para salvarle por lo menos a él. El destello de las lanzas lo deslumbró y sintió un dolor lacerante en el hombro derecho; experimentó una enorme debilidad y cayó inconsciente al suelo.

Mientras tanto, Parmet había huido a toda velocidad, escondiéndose entre los arbustos. Mirando furtivamente por entre las hojas, temblando de miedo, había visto la lanza que había herido a su primo y cómo éste caía al suelo. Ahora veía a los atacantes, conduciendo una parte del ganado por la colina que bordeaba el otro lado del valle. Cuando se encontraron fuera de su vista, reagrupó el ganado que quedaba del padre de Konyek con el suyo propio y, tras detenerse un instante para mirar a su primo, se marchó a su casa.

Sabía que, naturalmente, Konyek se desangraría hasta morir sobre la tierra abrasada por el sol, pero no sentía ninguna pena en su corazón. Pensaba sólo en que se ganaría la admiración de su clan con la historia que ya se estaba inventando, y en cómo se convertiría en el favorito de Ol-Poruo merced a sus explicaciones, así como en los elogios que le dedicarían su padre y su madre.

Cuando regresó al poblado, contó a la gente el ataque, diciendo:

—Yo había encontrado agua y Konyek me siguió. Después de dar de beber al rebaño, se marchó a la sombra con su becerro favorito y, mientras estaba tumbado durmiendo, con la cabeza recostada en el lomo del animal, llegaron repentinamente los atacantes. Al oír sus gritos, salió corriendo hacia los arbustos para esconderse, mientras yo me quedaba con mi ganado y también con el suyo, ya que lo había estado cuidando mientras él dormía tumbado a la sombra. Yo no podía proteger a los rebaños contra los guerreros y llamé a gritos a Konyek. Pero éste había huido para esconderse. Los guerreros no me hirieron, pero se quedaron con una parte del rebaño de mi tío. El resto lo he traído aquí junto con el mío. Llamé a Konyek y no respondió, le busqué pero no le encontré.

No podía retrasarme porque tenía que informar a nuestros guerreros del ataque para que intentaran recuperar el ganado. Por eso volví sin mi primo.

Todos elogiaron el comportamiento de Parmet y él aceptó modestamente las alabanzas. Sólo Ol-Poruo fue parco en sus palabras, pues podía ver a través del corazón de Parmet y se dio cuenta de su ruindad. En cuanto al padre y la madre de Konyek, quedaron anonadados, pues creyeron que su hijo había huido como un cobarde, abandonando el ganado.

Pero no había tiempo de pensar en ello ahora. Ol-Poruo ordenó que se presentaran ante él los guerreros sin pérdida de tiempo. Vivían en otro poblado, junto con los jóvenes que se entrenaban para ser guerreros y con las jóvenes. El poblado no estaba lejos y se presentaron en seguida con sus lanzas y sus escudos. Cuando estuvieron todos reunidos, el viejo derramó un poco de leche y vino de miel sobre la arena, diciendo:

—Dios lo quiere.

Y las mujeres rociaron a los guerreros con leche de una calabaza, lo que era como una bendición. Luego se marcharon los guerreros. Sabían qué dirección debían tomar, puesto que Parmet se lo había descrito, y sabían también a qué tribu y a qué clan pertenecían los atacantes, porque les había descrito los signos de sus escudos. Pronto encontraron el rastro y lo siguieron en fila y en silencio, ocupando cada hombre el lugar que le correspondía, de acuerdo a los signos de su escudo. Se movían rápidamente, con rostros rígidos y pasos decididos.

El padre de Konyek salió también en busca de su hijo, y con él fue Marangu, que le había pedido permiso para acompañarle. La madre de Konyek, llena de ansiedad, les siguió con la mirada en su marcha por la llanura hasta que sus figuras se perdieron en la lejanía. Sus abuelos también les miraron, y durante todo ese día sus ojos estuvieron pendientes de la llanura. Pero cuando al fin volvieron Marangu y su padre, Konyek no venía con ellos.

Al día siguiente, la madre y las hermanas de Parmet y la madre y las hermanas de Konyek fueron al poblado de los guerreros a esperar su regreso. Fueron muy temprano, prendieron ramas a sus faldas y llevaron calabazas de leche, diciendo:

—Nuestros hijos volverán pronto y cuando lleguen, seguro que estarán hambrientos.

Y antes de que desapareciera el lucero del alba, rezaron a Dios cantando:

Dios, a quien rezamos por nuestros hijos,
Devuélvenoslos sanos y salvos.
Devuélvenos a nuestros hijos; te lo pedimos.

Miraron y esperaron, hasta que, cuando comenzaban a caer las sombras, una de las mujeres dio un grito porque había divisado a los guerreros que volvían con el ganado. Este había sido recuperado por completo y sólo faltaba un becerro, el becerro *Nube de Noviembre*.

La gente creyó entonces todo lo que había contado Parmet, pues había dicho que Konyek había dejado el ganado y se había ido a dormir a la sombra, con la cabeza apoyada en el lomo del becerro. Cuando Ol-Poruo fue informado, su corazón se entristeció. Y los chicos y chicas del clan de Konyek le despreciaron, porque había actuado como un cobarde y porque había abandonado el ganado de su padre.

Aquella noche, junto al fuego del hogar de Konyek, los niños permanecieron callados, pues Konyek era cariñoso y paciente con ellos y le echaban de menos. El ambiente cálido de la habitación se vio invadido por oleadas de tristeza, mezclándose con las sombras y aleteando con las llamas. A la mañana siguiente emigrarían todos. Y si Konyek no había vuelto no podrían esperarle, pues el ganado estaba hambriento y sediento y el agua y la hierba se habían agotado.

7 *El cazador dorobo*

En el momento en que los atacantes se llevaban el ganado, el cazador *dorobo* estaba siguiendo al pájaro de la miel. Volaba éste de árbol en
árbol, llamando al cazador, y esperaba posado
en una rama hasta que lo alcanzaba. De esta
forma llegó al valle donde en otra ocasión había
visto escarbar a los elefantes con sus pezuñas en
busca de agua. Percibió el olor del ganado, vio
excrementos frescos sobre la tierra y supo que
acababa de pasar un rebaño. Entonces, aunque
estaba bastante lejos, vio con su fina vista una
figura que yacía en el suelo. Corrió hacia ella y,
aunque el pájaro de la miel le llamaba una y
otra vez, ni se volvió ni se detuvo un momento
para mirar atrás. A pesar de la distancia, sabía
que la figura era la de Konyek.

Lo encontró inconsciente, y débil por la sangre que había perdido. Lo levantó con cuidado
y lo llevó por el valle hasta el pie de la montaña.
Allí construyó un refugio en el interior de un
espeso bosquecillo de arbustos, preparó un lecho con ramas y tendió sobre él a Konyek.

Luego se marchó en busca de algunas raíces y corteza de casia. Volvió, preparó un fuego y, cuando las ramitas que había cortado estaban ardiendo, empleó un poco de su preciada agua e hirvió en ella las raíces y la corteza. Lavó la herida de Konyek y la cubrió con hojas curativas. Cayó la noche y se dispuso a esperar ansiosamente a su lado, porque veía que el muchacho estaba muy enfermo.

Konyek no recobró el conocimiento hasta el día siguiente y el cazador permaneció con él todo ese tiempo sin moverse de su lado ni quitarle la vista de encima. En cuanto el muchacho abrió los ojos le dio de beber el agua en que había hervido la corteza de casia, pues esto le bajaría la fiebre. Tomó entonces una tira de corteza de podo que llevaba en su bolsa de cuero y la puso en agua hirviendo, porque ello le aliviaría el dolor.

La fiebre se mantuvo alta durante dos días más, y Konyek no sabía dónde estaba ni lo que le había ocurrido. El cazador cuidó de él incansablemente, curándole la herida con sus medicinas.

En la tarde del segundo día, pasó por el valle inundado de sol un viejo. El *dorobo* corrió hacia él, pensando que sería del poblado de Konyek, en cuyo caso podía llevar noticias del chico a su familia. Además, el cazador quería conocer lo que había ocurrido en el valle; era probable que el viejo lo supiera, pues las noticias corrían con rapidez de boca en boca.

El anciano no pertenecía al poblado de Konyek, pero vivía cerca y estaba enterado de toda la historia. Se la contó al *dorobo* y le dijo también que el ganado había sido recuperado en su totalidad, a excepción de un becerro con una marca en la frente parecida a una nube blanca. Este becerro, añadió, era el que Konyek llevaba consigo cuando se durmió a la sombra de los arbustos.

En su interior, el cazador puso en tela de juicio la versión que había dado Parmet, ya que él mismo había visto cómo Konyek había intentado proteger el ganado cuando el ataque del león y había visto también cómo había buscado por todas partes agua para el ganado. Pero no quiso discutir con el anciano y sólo le comentó que el chico había resultado gravemente herido y que aún estaba inconsciente. Le señaló el lugar en que se encontraba y le rogó que llevara la noticia a su familia, explicándole que no podía abandonar al chico para llevar el mensaje personalmente. El viejo prometió hacerlo así y prosiguió su camino por el valle ardiente; el cazador regresó al refugio que había construido entre los arbustos.

Por la mañana, la fiebre de Konyek empezó a bajar y el dolor a ceder, y comenzó a recordar todo lo que había sucedido. Por primera vez también reconoció la cara del pequeño cazador, inclinado ansiosamente sobre él, mientras curaba con esmero sus heridas. Le preguntó:

—¿Dónde está el ganado? ¿Se lo llevó el enemigo?

El cazador le contestó:

—No, todo no. De todas formas, vuestros guerreros han recuperado ya las reses que habían sido robadas. Llevas aquí tres días tumbado, enfermo y gravemente herido. Has perdido mucha sangre y por un momento temí por tu vida.

Dudó un momento y continuó:

—Ayer hablé en el valle con un anciano. Me contó todo lo que había pasado, pues su poblado no está lejos del tuyo. Me dijo que la única res que no habían recuperado era el becerro negro con la marca blanca en la frente, pues Parmet, tu pariente, dijo que ese becerro estaba contigo.

Konyek frunció el ceño, mientras el cazador le observaba cuidadosamente.

—El becerro *Nube de Noviembre* estaba conmigo y yo estaba con el rebaño. No entiendo las palabras de mi primo. ¿Qué más te dijo el anciano?

El *dorobo* le repitió todo lo que le había dicho aquel hombre y vio que los ojos del muchacho comenzaban a brillar de ira, como los de un leopardo cuando está enfurecido. Le empezaba a consumir una rabia enorme, lo que no era normal en él, pues por lo general era moderado y tranquilo. En esto y en otras muchas cosas, aunque él no lo supiera, se parecía a su abuelo Ol-Poruo.

Le dijo al cazador que Parmet había mentido, y que su primo lo había abandonado en el valle para que muriera; porque le odiaba. El *dorobo* le miró reposadamente y supo que el muchacho estaba diciendo la verdad.

Konyek permaneció en silencio. No porque estuviera meditando sobre la traición de su primo, sino porque todos sus pensamientos se dirigían al becerro negro que no había sido recuperado. Decidió ir en su busca en cuanto recobrara las fuerzas.

Sabía que no debía ir en su busca sin el permiso de su padre, pero temía que éste pudiera negárselo; no descansaría hasta encontrar el becerro. Por eso se sentía atormentado entre su amor a *Nube de Noviembre* y la obediencia que debía a su padre, pues la obediencia y el respeto a los mayores eran cuestiones que su pueblo trataba con gran seriedad.

Daba vueltas sin cesar en su lecho, atormentado por sus pensamientos e intranquilo por la rabia que sentía contra su primo Parmet. Pensó que si conseguía recuperar el becerro, probaría con ello su valor y recuperaría quizá la estima de su familia, ya que no tenía pruebas para desmentir las palabras de Parmet.

El *dorobo* salió a la caza de algún animal para comer y Konyek se quedó intranquilo en el frondoso refugio, contemplando el valle. Estaba ardiente, seco y silencioso. Pasaron animales errantes en su angustiosa búsqueda de alimento y agua, y se le ocurrió a Konyek que quizá *Nube de Noviembre* habría muerto de sed y por eso los guerreros no lo habían encontrado. Pero desechó de su mente aquella idea y probó a caminar un poco para recuperar de esa forma más rápidamente sus fuerzas, pues estaba ansioso por partir.

El cazador regresó trayendo una pequeña gacela, a la que quitó la piel y después asó. Pero Konyek no comió de aquella carne, pues su pueblo sólo permitía comer la de bueyes y cabras. Aun así, sólo mataban un buey en el caso de que se tratara de un día de fiesta; pues amaban sus rebaños y conocían a cada animal por su nombre, y no les agradaba matarlos para comérselos, salvo que fuera para celebrar un acontecimiento especial. En lugar de comer habitualmente carne, sacaban un poco de sangre del animal, pinchándole en una vena del cuello con una flecha: recogían la sangre gota a gota en una calabaza hasta que tenían suficiente. Luego obturaban la vena con una capa de estiércol y mezclaban la sangre con leche; éste era su principal sustento.

Konyek comió las nueces que le ofreció el cazador y también las raíces que antes no había probado, así como miel para que le ayudara a recuperar sus fuerzas. El *dorobo,* al notar su intranquilidad, le distrajo con historias de la bravura de Ol-Poruo en los tiempos en que había sido guerrero.

Le contó cómo había contribuido él a pintar el famoso escudo de Ol-Poruo, para lo que había machacado bayas de color escarlata, de un árbol muy especial, para obtener el color rojo necesario para hacer el dibujo. Y es que los *masai* nunca hacían sus propios escudos, sino que se los encargaban a los *dorobo,* a los que pagaban con cabras y vacas, tratándoles como criados suyos. También trataban como criados a los componentes de la tribu de El Kuono, pues éstos eran metalúrgicos y sabían cómo separar el mineral de hierro de las arenas del fondo del río y fundirlo para hacer lanzas y pulseras.

El cazador le contó que los de El Kuono le habían entregado el escudo a Ol-Poruo en medio de una famosa batalla. Y el corazón de Konyek se llenó de orgullo al escuchar los relatos del valor de su abuelo. Recordó entonces la forma en que Parmet le había hecho caer en desgracia a los ojos de tan gran hombre y se sintió abrumado por la afrenta, decidiendo que él mismo pondría todo en claro.

Llegó la noche y aparecieron las estrellas que los *masai* llaman *las ventanas,* que brillaban cerca de otras tres a las que llaman *los tres viejos.* La luna se dejó ver de mala gana a través de una tenue neblina, como si estuviera intentando ocultarse tras el velo nupcial que llevaba cuando se casó con el sol.

Konyek no había hablado hasta entonces de las cosas que le preocupaban, pero preguntó al cazador si le diría el poblado del que procedían los atacantes, para intentar recuperar a *Nube de Noviembre.* El cazador estaba indeciso, pues esperaba que en cualquier momento llegara del poblado alguno de los parientes de Konyek y sabía que el muchacho no debía partir sin permiso de su padre. Pero sabía también el amor que sentía Konyek por el becerro y decidió ayudarle.

—Esperemos a que llegue la hora en que el sol adorna el cielo —dijo—. Durmamos primero y tomemos una decisión cuando despertemos.

Konyek asintió, pero estaba tan impaciente que no consiguió descansar. Las horas transcurrían lentamente y paseó un poco por el valle iluminado por la luna, pues estaba recuperando rápidamente sus fuerzas. Regresó al cabo al refugio y se echó sobre el lecho de ramas que le había preparado el cazador. Pero los pensamientos volvían una y otra vez a su cabeza, igual que se arremolinan las hojas en un torbellino.

El cazador se despertó ligeramente. Incluso durante el sueño estaba al tanto del sonido del viento en las ramas o del trompeteo lejano de algún elefante; ahora era consciente del desasosiego de Konyek. La risa loca de una hiena resonó en el valle, y el cazador, a quien el grito le había despertado del todo, dijo al muchacho:

—Esa hiena no es muy joven y la está acosando un león.

—No —dijo Konyek—, aún es joven y ha encontrado una hembra a la que trata de enamorar.

—Es verdad —dijo el cazador—. Cuando una hiena ríe, o es joven y está llena de alegría, o es vieja y llena de tristeza. Ningún hombre puede notar la diferencia.

—Mira —dijo Konyek—, la luna se está escondiendo. ¿Va a llover?

—Lloverá después del plenilunio. ¿No sabes que en el principio de los tiempos, después de que el sol y la luna se hubieron casado, se pelearon y se golpearon mutuamente? Como el sol estaba avergonzado y no quería que la gente supiera que se había peleado, humillado, se ocultó tras las nubes para que nadie viera sus heridas. Mientras caía la lluvia, decidió brillar tan intensamente que ningún hombre pudiera mirarle sino con los ojos medio cerrados. Pero a la luna le importaba menos, e incluso se dejó ver con una parte de su mejilla arrancada de un mordisco, y continuó brillando suave y pálida como antes.

La voz del cazador se fue desvaneciendo y se durmió de nuevo. Durante un rato Konyek escuchó los crujidos de las ramas jóvenes de las higueras y los gritos penetrantes de los murciélagos. Al final, se durmió también.

Cuando se despertó, el día estaba despuntando y al ver que el cazador ya estaba en pie, le dijo:

—En seguida el sol va a teñir el cielo de color rojo sangre. ¿Has tomado ya una decisión?

Y como no había venido nadie del poblado, el cazador le respondió:

—Sí, ya la he tomado. Te ayudaré.

—Me alegro —dijo Konyek—. Ya he recobrado las fuerzas. Salgamos inmediatamente.

Y, efectivamente, se marcharon por el valle.

8 *La tribu emigra*

LOS miembros del poblado de Konyek también se estaban poniendo en marcha, pues no había agua ni hierba para el ganado. Su madre llevaba consigo calabazas, pellejos de cuero y recipientes hechos con cuernos de búfalo y lo cargó todo sobre el burro. Asió sus adornos de abalorios y también unas cuantas pieles de cabra, y todo el tiempo estuvo mirando hacia la llanura que se extendía al pie del poblado para ver si llegaba Konyek. Pero la llanura estaba desierta.

Se acercaban al poblado los hermanos mayores y los primos de Konyek, que pertenecían al grupo de los *Intrépidos*. Eran los guerreros, y mezclados con ellos venían los jóvenes que estaban siendo entrenados en el arte de la guerra; los guerreros venían con las jóvenes con las que vivían en otro poblado cercano. Venían de dos en dos y de tres en tres; los hombres eran altos, espigados y muy altivos. Las muchachas eran delgadas y sonrientes.

Las lanzas de los guerreros brillaban al sol. Su

cabello caía sobre los hombros en finos mechones rizados y estaba cubierto por un ungüento preparado a base de ocre rojo. Parmet los contempló, deseoso de que llegase el día en que se convirtiera en un hombre, cosa que ya no estaba lejos, y se fuera a vivir con los guerreros y las muchachas.

Se alegró cuando por fin Ol-Poruo recogió su bastón nudoso, su espantamoscas y su cetro de jefe hecho con un cuerno de rinoceronte, y se dispusieron a partir. El también había mirado hacia la llanura, temeroso de que Konyek estuviera aún vivo y regresara al poblado y revelara que él, Parmet, les había mentido y engañado. Pero cuando se marcharon, sin que Konyek hubiera aparecido, su mente se tranquilizó, pues estaba seguro de que su primo tenía que haber muerto.

Ol-Poruo y Marangu, así como los padres de Konyek, se quedaron atrás y continuaban mirando hacia la llanura, hasta que el sol se elevó sobre la colina que había detrás del poblado; entonces, llenos de pena, partieron ellos también, tras los grupos de gente que iban con sus vacas, sus cabras y sus burros.

Los hombres jóvenes y las mujeres iban al frente; caminaban con ligereza y facilidad a la luz del sol y frente al viento. Todos los hombres vestían sarongs, y las mujeres faldas de piel de cabra y, como llevaban tan pocos adornos, caminaban rápidamente. Alimentados con la leche que habían bebido antes de partir y acostumbrados a andar grandes distancias, no se sentían cansados; sólo los muy viejos o los muy jóvenes empezaron a fatigarse con el viaje y con el calor del sol. Así que se detuvieron al mediodía y descansaron bajo los árboles de hojas pequeñas y espinos como agujas.

Las jirafas les miraban con los ojos somnolientos de los sonámbulos, y continuaron comiendo hojas de árboles, que arrancaban con sus largas lenguas.

Marangu estaba tumbado en la hierba; sus ojos no se apartaban de las jirafas, pero sus pensamientos estaban en su hermano Konyek. Miraba los pájaros tejedores que entraban y salían volando de sus nidos redondos que colgaban de las ramas, y observaba las nubes, de un blanco intenso; pero sus pensamientos seguían estando con su hemano Konyek. Dirigió luego su mirada a la cumbre radiante del Kilimanjaro, la montaña de su pueblo, y su abuela dijo:

—Debes saber que, en el principio, el cielo se casó con la tierra e hizo el amor con ella como lo hace un hombre con una mujer. Y, exactamente igual que la mujer pare los hijos después de que un hombre hace el amor con ella, así la tierra parió hierbas y flores; y también dio a luz el Kilimanjaro, la montaña que es la morada de nuestro Dios.

El calor del sol disminuyó y continuaron la marcha. Los niños pequeños iban sentados en los burros, entre pellejos de cuero y calabazas, y las madres y las jóvenes llevaban a sus espaldas a los bebés. Parmet iba con las muchachas y los muchachos de su clan, el grupo de los *Grandes Plumas de Avestruz*. Los más jóvenes tenían doce años y los mayores diecinueve, pero no tenían en cuenta para nada la fecha de su nacimiento, que no les importaba. Sólo tenía importancia el grupo a que pertenecían.

Parmet estaba entre los mayores, hablaba con voz recia y ansiaba que le alabaran y le admiraran. Su inquina hacia Konyek se debía a que éste era el más popular entre los muchachos y que las jóvenes preferían su compañía. Pero ahora su primo no estaba allí para arrastrarles con su fuerza serena (la cual no podía ser vencida por la fanfarronería de Parmet) y por ello le prestaban mayor atención.

Al principio, cuando se acostaba al llegar la noche, no podía apartar de su mente la idea de que había dejado morir a Konyek, herido, en la llanura; pero pronto se olvidó de él.

El sol brillaba en el cielo y derramaba una película de oro sobre la tierra, y el pueblo hizo un alto en un arroyo estrecho. El agua que discurría por él era clara y fresca, y se detuvieron a beber, cosa que también hizo el ganado. Las mujeres llenaron sus calabazas y ordeñaron las vacas; pero sus ubres estaban casi secas y fue preciso dejar algo para las crías.

Los hombres encendieron fuego, haciendo girar unos palos entre sus manos, pues con la oscuridad llegaba el frío. Y Marangu, sus hermanas y sus hermanos, se reunieron alrededor del fuego con su abuela. Los más pequeños lloriqueaban porque tenían hambre y entre ellos había algunos que lloraban por Konyek. Su abuela también le echaba de menos, ya que era su preferido, y le parecía ver su rostro en las nubes que, amontonadas, cruzaban ante la luna. Marangu le tiró con suavidad del brazo y le dijo:

—Estás triste porque estás pensando en Konyek.

Ella le contestó:

—Sí, mis pensamientos le siguen como las hojas siguen la corriente de un río. Y espero la lluvia porque la tierra está seca como los huesos de un animal, un mes después de que los buitres hayan roído hasta el último trozo de carne.

—Eso es culpa del dios rojo —respondió Marangu—. Cuéntanos la historia de los dioses de la lluvia, abuela; hace tiempo que no nos la cuentas.

—Sí —dijeron los niños a coro—. Hace mucho tiempo. ¡Cuéntanos la historia, abuela, cuéntanosla!

La mujer asintió, moviendo su cabeza rapada al estilo de los mujeres *masai* casadas y, sonriendo abiertamente, comenzó:

—UN día, el dios negro, que es bueno, dijo al dios rojo, que es malo:

—¡Mira, la gente se está muriendo de hambre! Compadezcámonos y démosles un poco de agua.

El dios rojo aceptó y el negro creó unas nubes

oscuras que se situaron sobre la tierra y dejaron caer mucha agua. Entonces, el dios rojo ordenó al negro que detuviera la lluvia, porque el pueblo ya tenía suficiente. Pero el dios negro no accedió y la lluvia continuó.

El dios rojo se enojó y ya no se dirigieron la palabra hasta que el dios negro se avino a detener el agua. Pero la tierra aún estaba seca y la hierba no era verde ni abundante, por lo que los dos dioses comenzaron a discutir de nuevo. El dios rojo dijo que mataría al pueblo, porque el dios negro lo estaba corrompiendo y el dios negro dijo:

—No permitiré que mi pueblo sufra ningún daño. Yo vivo cerca de él y tú vives más arriba que yo, así que puedo protegerle.

Cumplió su promesa y el pueblo no sufrió daño; incluso hoy continúa protegiéndolo. Por eso, cuando se reúnen las nubes y el trueno estalla sobre ellas, se trata del dios rojo que amenaza con matar al pueblo; pero, cuando a lo lejos se oye un rumor suave, es el dios negro que dice:

—Déjales en paz; no hagas daño a mi pueblo. Yo le protegeré.

TERMINABA casi de hablar, cuando se produjo el destello de un relámpago que iluminó las colinas y los espinos con su intensa luz blanca, seguido del ruido distante del trueno. Ol-Poruo miró una vez más a la luna y una vez más pensó que la lluvia llegaría pronto. Pero sólo se notaba el viento en las casias y se oía el agudo canto de las cigarras. El y el resto de su pueblo se durmieron teniendo encima las estrellas.

Al amanecer del día siguiente reemprendieron la marcha. Ya por la tarde, antes de la hora en que el ganado suele regresar al poblado, llegaron a un lugar montañoso donde crecían los pinos, los eucaliptos y las higueras silvestres; Ol-Poruo y los ancianos decidieron que se quedarían allí. Durmieron una noche más bajo las estrellas y, por la mañana, las mujeres comenzaron a construir las nuevas casas.

Riendo y cantando, al igual que una bandada de tejedores haciendo sus nidos, entrelazaban ramas en los armazones y los recubrían con estiércol del ganado, para que la lluvia no pudiera filtrarse.

El recinto interior se distribuía en tres habitaciones por medio de tallos de *leleshwa:* una de ellas, larga y estrecha, era para las cabras; otra, pequeña, para la madre y el niño más pequeño; en la tercera, la más grande, era en donde se reunía toda la familia. En esta habitación, arrimada contra una de las paredes, se construía con ramas una plataforma a poca altura del suelo, cubierta con pieles, que se utilizaba para dormir los niños y para sentarse las visitas.

Por la tarde, cuando todo estuvo listo, comenzó a soplar el viento. Las hojas revoloteaban movidas por el aire y el cielo se oscureció. De pronto se oyó el enorme fragor de un trueno, seguido de otro y de otro más.

Entonces, por fin, comenzó a llover.

La lluvia golpeaba la tierra seca y dura como un tambor y sonaba en los corazones de la gente como una canción de gloria. Habría agua para el ganado, la hierba brotaría una vez más y las ubres de las vacas tendrían leche.

Ol-Poruo compartía la alegría de su pueblo, pero sus pensamientos se dirigían a menudo hacia Konyek. Y se sentía triste porque el muchacho le había defraudado: él siempre había tenido la esperanza de que siguiera sus pasos.

También Parmet se acordó de él y se sintió triunfante, porque ahora era el cabecilla de su grupo, el de los *Grandes Plumas de Avestruz*. Y porque Konyek había decepcionado a Ol-Poruo, el del *Escudo Invencible,* y ya no tendría que tener celos de él en lo sucesivo.

9 *Konyek inicia la búsqueda*

DURANTE todo este tiempo, Konyek se había alejado del poblado. El primer día había caminado con el cazador *dorobo,* a pesar de que le dolía la herida y de que en seguida se encontraba exhausto, pues aún no había recuperado por completo sus fuerzas. Por fin llegaron a un sitio en el que la tierra era llana, como si fuera un gran parque, y donde había árboles enormes, como los cedros, y árboles más pequeños, como los acebuches. Había llovido un poco, pero aún estaba todo seco; la tierra bajo sus pies era dura como arcilla cocida; y la hierba, descolorida y pequeña como los rastrojos de un campo trillado. Se encontraban cerca del poblado de los asaltantes, no lejos del territorio de los *masai.* El cazador encontró un sitio protegido por las anchas ramas de un cedro y, mientras contemplaban las estrellas, sentados junto al fuego, dijo Konyek:

—Me has salvado la vida y nunca olvidaré lo

que has hecho. Pero debo recuperar el becerro yo solo. Es mi lucha y ellos son mis enemigos. Además, ¿acaso soy tan cobarde que no puedo luchar con los pastores y recuperar el becerro sin ayuda? Es algo que debo hacer yo solo. Así que márchate mañana por la mañana y sigue tu camino. Algún día ven al poblado de mi padre para que te conozca, y él te ofrecerá algún regalo en compensación por todo lo que has hecho.

El cazador le miró con sus ojos pequeños que brillaban con socarronería y simpatía, y le dijo:

—El nieto de Ol-Poruo, el del *Escudo Invencible,* resultó herido y yo estaba obligado. Si he salvado su vida, estoy satisfecho. ¿Qué otro regalo puede alegrar más el corazón de un hombre que una satisfacción como ésta? No deseo compensación alguna, pero un día iré al poblado para comprobar si has regresado felizmente con el becerro negro. También iré porque deseo conocer la sentencia de los ancianos tras escuchar tus palabras y las pronunciadas por tu primo Parmet.

—No regresaré al poblado sin el becerro *Nube de Noviembre* —replicó Konyek—. Tengo que encontrarlo, por el amor que siento por él y porque debo demostrar mi valor a mi pueblo. Sólo de esta forma puedo esperar que mi padre perdone mi desobediencia y que los ancianos sepan que la historia de Parmet sobre mi cobardía era una mentira.

El cazador asintió y miró a las estrellas a

través de las ramas del árbol. Pronto se durmieron él y el muchacho, junto al calor del fuego.

Durante la noche, un sonido lejano, parecido al de las olas que rompen en una playa lejana, despertó al cazador. Era el tam-tam de un *dorobo* que trataba de decirle algo. Se incorporó y se quedó inmóvil, escuchando con mucha atención. Se concentró al máximo para saber lo que trataban de comunicarle, pues el mensaje de un tambor se recibe de igual modo que una persona recibe un pensamiento de otra que se encuentra distante. El tam-tam cesó de sonar y el cazador entendió que le decía que su familia tenía algún problema y que debía acudir en su ayuda.

Se sentó tranquilamente durante unos momentos, con la mirada puesta en el muchacho dormido. No quería abandonarle y había proyectado quedarse en las inmediaciones por si Konyek se viera en peligro. Pero ahora no tenía más remedio que irse. Recogió su arco y su flecha, su bolsa de cuero y su calabaza y se perdió en la noche, en silencio y cauteloso como un gamo.

Más tarde, cuando Konyek se despertó, descubrió que se había ido. Pero le había dejado las pocas provisiones de miel y nueces que había reunido para el sustento de ambos durante el viaje.

Konyek se sintió muy solo, pues se había acostumbrado a la compañía del pequeño cazador y se sentía muy seguro a su lado, aunque hasta entonces no se había dado cuenta de ello.

Pero, en cierta medida, estaba satisfecho de verse obligado a continuar solo y, de este modo, poner a prueba su valor.

Se puso en marcha hacia el este, como le había dicho el *dorobo,* en dirección al poblado de los atacantes. Ya no se acordaba de que estaba solo, pues era la hora en que el ganado sale del poblado, y en cualquier momento podría toparse con algún rebaño, entre el que, quizá, se encontrase *Nube de Noviembre.*

Llovía un poco, pero los rayos del temprano amanecer perforaban las nubes deshilachadas; apareció entonces el arco iris, al que los *masai* llaman el *vestido del padre.* Mirándolo, Konyek pensó que si su hermano Marangu hubiese estado con él, le habría dicho, según la costumbre de los niños *masai:* «Se lo daré al padre, porque le gustará», pero desapareció el arco iris y Konyek se entristeció; porque su aparición mientras caía la lluvia significaba que ésta cesaría pronto.

Vio entonces un rebaño que se aproximaba. Se ocultó rápidamente tras un árbol y esperó. Las vacas se acercaban y, en seguida, pudo distinguir sus colores y que uno de los becerros era negro. Su corazón comenzó a latir con más rapidez. El rebaño lo conducía un muchacho y Konyek lo observó cuidadosamente y vio que era más alto que él. Se dio cuenta también de que no era un *masai,* sino de otra tribu.

Konyek miró atentamente al becerro negro, y pronto notó que sus rasgos no se parecían a los de *Nube de Noviembre;* tampoco tenía la mancha blanca en la frente. Esperó hasta que el ganado se hubiera alejado suficientemente y, luchando por superar su desilusión, continuó su camino hasta que llegó a las estribaciones de unas colinas. Escaló hasta lo alto de una loma y vio el poblado de los atacantes.

Era exactamente como lo había descrito el *dorobo*. Las cabañas estaban cerca del arroyo, al pie de la colina, y al otro lado del arroyo había una loma empinada y poblada de árboles, cuya cumbre estaba coronada de guijarros. El ganado había salido ya a pastar y Konyek tenía que esperar su regreso, a la caída de la tarde. Decidió bajar al valle, cruzar el río y esconderse al otro lado del bosque.

El arroyo fluía con mucho caudal, debido a la lluvia caída. El agua arrastraba cantos rodados suaves como el marfil, y el lecho rebosaba de piedras verdes y pardas. En el bosque había pájaros de alas color escarlata, monos y cigüeñas de pico rojizo y grandes alas grises. Había árboles que nunca había visto antes, con líquenes verdes adosados a sus ramas, y hongos que parecían las barbas de un hombre, y enredaderas que colgaban como cuerdas.

Durante el día exploró el bosque, que era viejo y estaba lleno de refugios. Durante un millón de años, los árboles habían crecido en este lugar y la espesa maleza albergaba innumerables animales y millones de insectos. Gamos asustados y pequeñas serpientes huían para pro-

69

tegerse, y hasta un rinoceronte despistado pasó trotando junto a él.

Llegó a un lago situado en un cráter circular y bajó a gatas hasta la orilla. Allí descansó un rato, pues aún no se encontraba fuerte, y comió la miel y las nueces que le había dejado el cazador. Se acercaron los elefantes para beber y vio cómo rociaban sus lomos con sus trompas y cómo luego comían la hierba que crecía junto a la orilla del lago. Se acercaron mucho a él y pudo ver sus ojos pequeños que le parecieron llenos de bondad e inteligencia.

Más que ningún otro animal salvaje, a Konyek le gustaban los elefantes por su nobleza y porque se ayudaban unos a otros de un modo que no era frecuente en los demás animales. Si uno de la manada caía enfermo y se desplomaba, otros dos le servían de apoyo para que se levantara y le ayudaban a caminar. Si uno de ellos se dañaba la trompa y no podía arrancar las hojas de los árboles o la hierba de la tierra, otro lo alimentaba. Y cuando uno de ellos moría, los demás arrojaban sobre él hierbas y ramas y volvían más tarde para llevarse sus huesos y esconderlos entre la maleza.

Los dos elefantes se hallaban tan cerca de él que hubiera podido tocarlos; les habló como hablaba al ganado, sin que ninguno de ellos sintiese miedo: ni él de ellos, ni ellos de él.

Cuando comenzaron a subir la empinada cuesta para salir del cráter, se fue tras ellos, maravillado por el modo como los animales

movían su enorme corpachón por el desnivel y se deslizaban, como niños, sobre sus traseros, cuando bajaron luego la colina. Pero se aproximaba la hora del regreso del ganado al poblado; se olvidó de los elefantes y tomó posición en el bosque que había frente al poblado. Desde allí podría vigilar sin ser visto.

Sintió que le invadía la impaciencia y el temor; y es que si el becerro *Nube de Noviembre* no estuviera entre el ganado cuando éste regresara, significaría probablemente que había muerto de hambre o de sed.

Alejó de su mente los temores y esperó. Al poco tiempo vio que la silueta del ganado se dibujaba en la cima de la colina, por detrás del pueblo. El rebaño empezó a descender hacia las cabañas; había vacas grises, marrones, pintas y blancas, con sus crías.

¡Entonces lo vio! El becerro negro con la nube blanca en su frente. Había adelgazado mucho, pero no había error posible; conocía sus rasgos tan bien como la sonrisa de la cara de su madre. Su corazón estallaba de excitación. Apenas si podía contener el deseo que sentía de salir corriendo desde su escondite y reunirse con el becerro. Desapareció éste con el resto del ganado entre las cabañas.

Empezó a oscurecer y pudo ver el humo ondulante que salía de las cabañas y oyó el tintineo de los cencerros de las vacas y las voces de la gente. Aquellos sonidos le eran familiares y le hicieron añorar el confortable calor de su propio hogar iluminado por el fuego.

El ruido de las voces se fue desvaneciendo; la gente dormía y pensó que, quizá, pudiera arrastrarse hasta allí y recuperar el becerro. Pero sabía que si alguien le veía o le oía, no tendría posibilidad de escapar, pues todo el pueblo se pondría en pie. Sabía también que el sueño de los viejos era poco profundo y que dormían poco, tal vez sólo dos o tres horas.

La noche se hacía eterna. Finalmente, Konyek no pudo aguantar más y se encaminó hacia el río por entre los árboles. No había luna, pero el cielo estaba extrañamente iluminado, como ocurre a veces antes de una tormenta. Se había levantado viento y esto le animó porque el ruido que hacía entre los árboles era como el de las aguas que corren por un río caudaloso y nadie podría oírle.

Cruzó el río pisando sobre los pulidos cantos rodados, y se introdujo en el poblado por la parte de atrás. Casi en el acto reconoció la silueta del becerro. Pero cuando se dirigía con rapidez hacia él abriéndose paso entre el ganado, se produjo el resplandor brillante de un relámpago, seguido del enorme fragor de un trueno. La gente del poblado se despertó de inmediato. Konyek se quedó inmóvil un instante, sin atreverse siquiera a respirar, y en seguida se alejó corriendo del poblado.

Nadie le vio, pues cuando salieron de sus cabañas ya se había ido.

Se introdujo nuevamente en el bosque y se preparó un refugio con ramas, para protegerse de la tormenta que se avecinaba. El viento azotaba furiosamente las ramas de los árboles y los goterones dieron paso a una cortina de agua que unía el cielo y la tierra. Pronto empezó a calar el agua en el improvisado refugio. Cuando amaneció, Konyek tenía las extremidades heladas y entumecidas. Las frotó y se incorporó, regresando al arroyo para poder mantener su vigilancia sobre el poblado.

Antes de llegar, adivinó lo que había sucedido. Lo supo por el ruido que llegaba a sus oídos y que era como el de un vendaval. Sin embargo, no esperaba encontrar lo que vieron sus ojos. El río había triplicado su anchura y el agua, oscura y turbia ahora, formaba remolinos al chocar contra los árboles que antes quedaban en la orilla. Sabía que si intentaba cruzarlo, le arrastraría la corriente. Así pues, tendría que esperar a que las aguas encolerizadas se calmasen, a no ser que pudiese encontrar un sitio más seguro para cruzar.

El pueblo se empezaba a despertar y vio que la gente salía de sus cabañas y contemplaba el río desbordado, que ahora pasaba muy cerca de la aldea.

Las mujeres ordeñaron las vacas y luego el pastor sacó el ganado del círculo de cabañas para llevarlo a pastar. Era el mismo del día anterior, pero esta vez iba acompañado de un hermano más pequeño.

El último en aparecer fue el becerro *Nube de Noviembre,* y Konyek apenas pudo contener su deseo de correr tras él. La rabia y la añoranza le atormentaban al igual que el viento había azotado el bosque la noche anterior y echó a correr por la orilla, abriéndose camino con dificultad entre los densos matorrales de bambú. Corrió sin parar, hasta que se convenció de que era inútil, pues no era posible cruzar por ningún lado.

Se dio la vuelta y caminó con indiferencia entre los árboles, escuchando el ruido del agua revuelta; al rato se encontró a los elefantes que había visto en el cráter. Arrancaban ramas de los árboles y, sujetándolas contra el suelo con una de sus enormes patas, las despojaban delicadamente de sus hojas. Se encontraba satisfecho en su compañía y se quedó junto a ellos todo el día, hablándoles como hablaba a las vacas de su padre. Cuando le miraban a veces con sus ojos pequeños e inteligentes, le parecía que le comprendían.

Cuando se acercaba la caída de la tarde, Konyek abandonó a los elefantes y regresó río arriba para vigilar el poblado y así poder dar un vistazo al becerro *Nube de Noviembre* cuando volviera de pastar. Otra vez lo vio y tampoco pudo acariciarlo pues debía permanecer, irremediablemente, al otro lado del río.

Volvió a su refugio y sintió frío y hambre. Había acabado casi las nueces y la miel que le había dejado el pequeño cazador, pero guardó un poco para la mañana siguiente. En la fría y húmeda oscuridad del bosque recordó el cálido fuego de su hogar, a su familia sentada alrededor y la calabaza llena de leche, colocada en el suelo. Suspiró con añoranza sintiéndose muy solo y como si le faltara algo. Intentó hacer fuego, pero la madera estaba demasiado húmeda y no prendió. Pensó entonces en el pequeño cazador y echó en falta su compañía una vez más. En la oscuridad, creyó ver a veces el resplandor amarillo de unos ojos; una vez pensó que se trataba de un lince y otra, que era un jabalí gigante que andaba errante por el bosque. Sin embargo, al único animal que temía era al leopardo. Y ello se debía a que era el único capaz de saltar, como salta un gato sobre un ratón, sin que mediara provocación alguna ni estuviera hambriento. Se acordó entonces de los dos elefantes y los llamó, deseoso de su compañía, esperando que reconocieran su voz.

La lluvia empezó a caer de nuevo. Lo hacía como la noche anterior, fluyendo del cielo como si fuera una madeja de agua que uniera el cielo y la tierra. Sintió un movimiento del árbol bajo el que había construido su refugio, y al principio no supo de qué se trataba. En seguida se dio cuenta de que los dos elefantes estaban allí cerca y que uno de ellos se estaba restregando contra el tronco del árbol. Los saludó alegremente y ellos permanecieron junto a él.

Las horas pasaban lentamente, y entre el sueño y la vigilia empezó a tener pesadillas extrañas. En una vio que estaba en una isla inundada de sol, que flotaba como el nenúfar en medio de un lago azul. Junto a él había una calabaza gigantesca llena de leche, y su abuela llenaba con ella un cuerno de búfalo y se lo daba. Entonces aparecía Parmet, llevando a *Nube de Noviembre* y exclamando: «¡Mira, Ol-Poruo me ha regalado este becerro porque soy fuerte y valiente y me distingue con su favor».

Cuando Konyek trató de atrapar el becerro, éste se convirtió en un tambor vacío; y se despertó asustado. En seguida se quedó medio dormido otra vez, y soñó que estaba sentado en su cabaña junto al fuego, con sus hermanos y hermanas, y que su abuela les estaba contando la historia de los niños del tam-tam.

10 *La mujer y los mellizos*

HUBO una vez un hombre que tenía dos esposas. Una de ellas le dio muchos hijos y la otra era estéril. Un día, la que le había dado muchos hijos dio a luz unos gemelos, lo que fue motivo de alegría general. Entonces, la mujer estéril se dijo a sí misma:

—¿Qué podría hacer yo para que mi marido me quisiera, ya que no puedo darle hijos?

Así que se acercó a los mellizos, les hizo un pequeño corte en los dedos y restregó la sangre por la boca de la madre, que dormía. Dijo entonces:

—¡Oh, vecinos, esta mujer se ha comido a sus niños!

Ellos dijeron:

—Vayamos a verlo todos los hombres del poblado.

Miraron y vieron la sangre y que no estaban los niños, ya que la mujer estéril los había escondido dentro de un tambor y los había lanzado al río.

El padre de los niños dijo:

—¿Qué puedo hacer con esta mujer que se ha comido a sus hijos?

La llamó ante él y le dijo:

—Te has comido a los niños que tú misma pariste. Por eso te haré trabajar, y cuidarás del rebaño de burros hasta el día en que te mueras.

Así se convirtió en la mujer que, durante todos los años de su vida, sacó a pastar a los burros. Mientras, el tambor en el que la mujer estéril había puesto a los niños, fue arrastrado por la corriente hasta otro país.

Unos ancianos que estaban sentados a las afueras de su poblado, cerca del río, vieron el tambor y uno de ellos dijo:

—Ese tambor es mío.

Y otro dijo:

—Y lo que hay dentro es mío.

Lo sacaron del agua, lo abrieron y encontraron dentro a los niños; el anciano que había reclamado el contenido del tambor se llevó a los niños a su casa. Los crió hasta que se hicieron mayores, y fueron circuncidados y se convirtieron en guerreros. Cuando sus amigos les veían les preguntaban:

—¿Qué tal van los *Niños del Tambor*?

—¿Por qué nos llamáis los *Niños del Tambor*? ¿Qué tiene que ver eso con nosotros?

La gente se lo dijo y, entonces, los guerreros mellizos se dijeron uno a otro:

—Capturemos algo de ganado, vayamos al país del que procedemos y llevemos el ganado como regalo.

Así pues, hicieron una incursión y capturaron mucho ganado. Atravesaron un bosque y llegaron al país en el que habían nacido. Fuera del poblado vieron a una mujer que cuidaba de los burros y le dijeron:

—¿Por qué te encargas tú de sacar a pastar a los burros? Eso es cosa de niños.

Les respondió la mujer:

—Sí, hijos, os contaré por qué. Mi marido tenía dos mujeres; yo le di hijos, pero la otra era estéril. Yo tuve entonces gemelos, dos niños, y la otra mujer les hizo un corte en los dedos, los metió en un tambor y lo lanzó al río. Luego se acercó a mí mientras dormía, restregó su sangre en mi boca y dijo a la gente del poblado:

—¡Eh, vosotros, venid, que ésta ha matado a sus hijos!

La gente llegó y yo les dije que se trataba de una mentira y que no me los había comido, pero ellos vieron la sangre que la otra mujer había puesto en mi boca y dijeron que era cierto; por eso me han condenado a cuidar burros por el resto de mis días.

Los guerreros supieron entonces que aquella mujer era su madre y le dijeron:

—Nosotros somos tus hijos. Un tambor nos condujo por el río y nos recogieron otras gentes, que nos criaron. Cuando nos hicimos adultos, nos llamaban los *Niños del Tambor,* así que les preguntamos el porqué y nos lo dijeron. Mira nuestros dedos.

La mujer vio que tenían dos cicatrices y supo que aquellos guerreros eran sus hijos. Ellos le dijeron:

—Vamos, ordeña estas vacas que traemos y deja esos burros.

Los burros entraron desordenadamente en el poblado y la gente se preguntaba:

—¿Dónde está la pastora?

Al día siguiente la vieron vistiendo ropas preciosas y se dijeron:

—¡Vaya! ¡Hay que ver cómo ha cambiado la encargada de los burros, la que un día se comiera a sus hijos!

Su marido se le acercó diciendo:

—La voy a azotar como castigo.

Pero los guerreros dijeron:

—Padre, déjala en paz; no le pegues. Ve y reúne a los hombres del poblado y les hablaremos a todos.

Llegaron los hombres del poblado y se enteraron de que el anciano era el padre de los guerreros. Aquél les dijo:

—Azotaré a la mujer estéril hasta que muera.

Y los guerreros le dijeron:

—No le pegues, padre. Encárgale el trabajo que hacía nuestra madre.

Así lo hizo el anciano, y la mujer cuidó de los burros durante el resto de su vida.

11 *El río desbordado*

AL fin, comenzó a clarear el día, como los pétalos de color pálido de un capullo oscuro al abrirse. Konyek se levantó, moviendo sus extremidades, que estaban ateridas, y escuchó la corriente ruidosa del río. Los elefantes se habían adentrado en el bosque, pero él esperó una vez más hasta ver las vacas que salían en fila de las cabañas y, entre ellas, el becerro *Nube de Noviembre*.

Ya no podía soportar por más tiempo la espera ni las noches interminables solo en el bosque, por lo que decidió intentar cruzar el río.

Arrancó una rama larga y fuerte de un árbol y la introdujo en el agua para comprobar su profundidad. Dio entonces el primer paso. Tanteó con la rama otra vez delante de él, y dio un segundo paso. De esta forma dio uno más, y otro, mientras el agua turbia se arremolinaba a su alrededor y le llegaba hasta la cintura. La corriente era muy fuerte y, de repente, le arrancó la rama y Konyek perdió el equilibrio. No sabía nadar y gritó aterrorizado mientras un remolino le arrastraba río abajo, impotente como una hoja en un torbellino de viento. Pensó que se iba a ahogar, pues ya no hacía pie, y el agua avanzaba hacia él como un torrente de espuma. Pero, justamente en aquel momento, pasó flotando cerca un gran tronco y se agarró a él con todas sus fuerzas. Fue arrastrado durante algún tiempo, aferrado desesperadamente al tronco, cerrando los ojos con fuerza cuando parecía que iba a chocar contra algún árbol de los que se encontraban en medio de la riada.

Finalmente, fue disminuyendo la fuerza de la corriente, con lo que el río quedó más calmado, y logró subirse al tronco y sentarse a horcajadas sobre él. Aquí el río era muy ancho, incluso lo era antes de la riada, y el agua había llegado al nivel superior de las orillas, que eran muy empinadas.

Se encontró en el medio con una manada de hipopótamos, cuya presencia la revelaban sus pequeñas orejas puntiagudas y sus ojillos. Uno de ellos dio un salto hacia arriba, lanzando un chorro de agua espumosa por su nariz, mientras su cría nadaba cerca de él. Cuando se sumergió completamente, Konyek temió que el animal hiciera zozobrar su improvisada barca. Pero el hipopótamo le dejó pasar.

La corriente continuó arrastrándole sin descanso, y, de pronto, vio que más adelante había unos rápidos. El tronco se deslizaba ahora con mayor rapidez, cada vez más cerca de las peligrosas cascadas. La velocidad aumentaba al acercarse a ellas, y tenía la cabeza aturdida por su estruendo. Cerró los ojos aterrorizado y se aferró aún más al tronco. De pronto, se sintió lanzado a gran velocidad por una pendiente empinada, avanzando en un mundo rugiente y abismal. El agua, arremolinada al pie de la cascada, se adueñó del tronco y lo arrojó contra la orilla del río.

Quedó sobre el barro, aturdido y sin aliento. Un cocodrilo le miraba con ojos más malignos que los de los hipopótamos, por lo que se incorporó y trepó hasta la orilla. Era agradable sentir de nuevo la tierra firme bajo sus pies. ¡Entonces se dio cuenta de que estaba en la misma orilla que el poblado!

En este lado del río, el terreno era desarbolado y no había arbustos en los que pudiera esconderse. Así que esperó a que se hiciera de noche, y entonces se arrastró hasta la higuera solitaria que había al otro lado del pueblo. Era una higuera vieja con unas ramas que se extendían ampliamente y un tronco fuerte y nudoso. El tronco tenía un gran hueco y, trepando, llegó hasta él y se metió dentro. Allí se protegió de la lluvia y esperó a que llegara el nuevo día, sin mojarse. Escuchaba al viento que daba en las hojas y el ruido de las gotas de agua al chocar contra el suelo. Y cayó en un sueño ligero. Unos monos que se columpiaban en las ramas bajaron a toda prisa para fisgonear, así como también

una ardilla pequeña de rabo ensortijado y ojos enormes que brillaban en la oscuridad como el cobre pulido.

Konyek soñaba que iba cabalgando en el lomo de uno de los dos elefantes que había encontrado en el bosque y que se abrían camino por entre la hierba alta y dorada que resplandecía alrededor de ellos como las olas de un estanque dorado, siempre en dirección hacia el horizonte... Se despertó, comprobando que la noche era muy oscura y que él estaba frío y entumecido.

Pronto empezó a clarear el cielo, y las vacas comenzaron a salir del poblado. Vio a los dos muchachos que conducían el ganado subiendo por la pendiente de la colina, como anteriormente, y esperó hasta que desaparecieron por el otro lado. Entonces, con el corazón latiéndole apresuradamente, subió también la colina y empezó a seguirlos.

Escondiéndose tras los arbustos y los árboles, los siguió durante medio día, hasta que se encontraron en el punto más alejado del poblado y no podían volver atrás para pedir ayuda. Esperó hasta que los dos muchachos se separaron, para no tener que luchar con ambos al mismo tiempo. Sus ojos no se separaban del becerro negro y apenas podía dominarse.

Finalmente, consideró que había llegado el momento oportuno y su cuerpo se tensó, dominado por una terrible excitación, preparándose para atacar al mayor de los dos muchachos. No dudó ni por un instante que él era más rápido, pero aquel chico era alto y parecía fuerte.

De pronto salió corriendo hacia adelante, rápido como un leopardo e incluso con mayor elegancia, y se abalanzó sobre el muchacho casi antes de que éste llegase a verle. Realmente era fuerte, pero tenía que vencer en la lucha porque no podía volver sin su becerro. Así que luchó con una fuerza salvaje, hasta que pudo golpear a su enemigo, quedando el muchacho inconsciente sobre la tierra.

Buscó entonces a su alrededor al hermano del muchacho y vio que corría en dirección al poblado en busca de ayuda. Konyek corrió hacia él, le dio alcance, y el chico agarró un puñado de hierba en señal de derrota. Konyek le ató de pies y manos con unas enredaderas que cortó en el bosque y ató también los pies y las manos del otro muchacho. Les metió luego, uno después del otro, en la maleza para que no pudieran encontrarlos demasiado pronto y darle a él tiempo de estar lejos. Al fin era libre para acercarse al becerro.

Llegó a él con grandes zancadas y, echándole los brazos al cuello, le murmuraba palabras de felicidad. El becerro le acariciaba con su hocico y le miraba con ojos y corazón alegres. Cuando Konyek se apartó del rebaño, el becerro le siguió sin necesidad de obligarle, pegándose a su lado. Y así, los dos juntos, se pusieron en camino para el viaje de regreso al hogar.

12 *La huida*

Tenían que apresurarse, y Konyek obligó al becerrillo a que trotara. Rogaba a Dios que no encontraran a los muchachos antes de la puesta del sol, pues así, si los guerreros salían tras él, no sería antes de la noche; y las pisadas del becerro y las de sus propios pies no podrían verse en la oscuridad. Durante aquellas noches de lluvia no había luna.

Por la tarde penetró en el territorio de su propio pueblo y se encontró con un pastor. Caminó junto a él y así las huellas del becerro y las de sus propios pies se mezclarían con las del ganado; de esta forma, en el supuesto de que le siguieran, sus perseguidores tendrían más dificultades para dar otra vez con la pista.

El pastor le invitó a ir al poblado y le ofreció abrigo y hospitalidad, puesto que pertenecía también a la familia de los *Grandes Plumas de Avestruz;* por eso trataba a Konyek como a un hermano. Konyek miró con nostalgia en dirección al poblado, pues le habría gustado pasar la noche al calor y al abrigo de una cabaña. Pero rehusó, ya que tenía la intención de alejarse lo más posible antes de que cayera la noche.

Se despidió del pastor y llegó a una gran llanura. Se veían arbustos dispersos y algunos espinos, pero no había ningún otro sitio en el que pudiera esconderse; era perfectamente visible desde la colina que había dejado y de la que había descendido hasta la llanura.

Animó al becerro, acariciando su suave cuello negro y le hizo correr todo lo que pudo. Debido a la lluvia, la tierra estaba fangosa y dificultaba sus pasos. A menudo volvía la cabeza para ver si le seguía alguien, pero todo lo que divisaba era la luz del sol y el espacio abierto, sembrado de espinos diseminados, cuyos troncos delgados brillaban con el ocaso.

Al fin llegó al otro lado de la llanura, al pie de las colinas que la rodeaban. Volvió entonces la vista atrás y, con los últimos rayos del sol, pudo ver el destello de unas lanzas por la ladera que bajaba a la llanura.

Sintió que el pánico se apoderaba de él, al tiempo que todos sus pensamientos se alejaban de su mente; pero luchó consigo mismo para calmarse, preguntándose: «¿Es que soy, acaso, un gamo hipnotizado por los ojos amarillos de un león?» Así que se esforzó en pensar en lo que debía hacer y en actuar de la forma en que Ol-Poruo, su abuelo, esperaría se comportase.

Sin el becerro podría correr con más rapidez que los guerreros, que debían rastrear sus huellas. Pronto sería de noche y, si no hubiera luna, la oscuridad ocultaría su rastro. Ahora su mente funcionaba rápidamente y con claridad y, cortando un trozo de enredadera, ató las patas delanteras del becerro. Levantó entonces una de sus patas traseras y empujó con fuerza hasta que el animal cayó entre unos arbustos. Ató sus patas traseras y, cortando unas ramas con su cuchillo, lo cubrió con ellas para que quedase oculto.

Volvió entonces a recorrer el camino que había estado siguiendo, dedicándose a borrar las huellas del becerro con las suyas propias. Luego se separó del camino tomando una dirección distinta, hacia las colinas, rogándole a Dios que el nuevo rastro que estaba marcando despistara a los guerreros.

El desnivel era considerable y había oscurecido. Las nubes cruzaban velozmente por el cielo, pero a veces la luna se asomaba entre ellas e iluminaba la tierra con su luz. El miedo invadió de nuevo a Konyek, ante la posibilidad de que los guerreros descubrieran las huellas del becerro y las suyas.

También tenía miedo de los diablos, de los que su abuela le había hablado, ante la posibilidad de encontrarse con alguno de ellos en la lluvia y en la oscuridad. Eran mitad hombre y mitad león, y llamaban a los caminantes, pidiéndoles que les ayudaran a transportar un haz de leña. Si el caminante era lo bastante ingenuo como para detenerse, el diablo le mataba con un palo puntiagudo y le devoraba. Una vez, uno de estos diablos mató y devoró a todos los habitantes de un poblado, excepto a una mujer y a su hijo, que huyeron y se escondieron en una cueva. Cuando el niño se hizo mayor —contaba la abuela de Konyek— fabricó arcos y flechas y envenenó las flechas. Un día, el diablo vio el humo que salía del fuego que había encendido el muchacho y fue a comérselo. Pero el muchacho le estaba esperando, escondido en un árbol, y le disparó las flechas.

El diablo creyó al principio que le habían picado unos tábanos, pero cuando se estaba muriendo, le reveló al muchacho instrucciones precisas para poder hacer volver al poblado a la gente que había matado, así como a su ganado. En agradecimiento, cuando los habitantes de aquel poblado volvieron de nuevo a la vida, eligieron al muchacho como jefe.

La astucia y la valentía de aquel muchacho hicieron que Konyek se avergonzara de sus temores y le hicieron también desear el elogio de su abuelo Ol-Poruo y de toda su familia, y también de su clan, si llegaba sano y salvo a casa con el becerro *Nube de Noviembre*. No volvió a temblar cuando apareció de nuevo la luna, sino que continuó velozmente.

De pronto se levantó viento y empezaron a acumularse grandes nubes negras sobre la llanura. Cuando detuvo su marcha y miró hacia el cielo, Konyek sintió las primeras gotas de lluvia. Su cuerpo se relajó ante la perspectiva, se tumbó sobre la hierba y rió de felicidad. Ahora se borrarían todas las huellas.

No recordaba haber visto antes llover como lo estaba haciendo ahora. El cielo descargaba el agua sobre la tierra y el agua empezó a correr rápidamente desde las altas montañas hasta la llanura. Konyek sabía que por la mañana todo estaría inundado, y empezó a preocuparse por el becerro, pues éste no podía levantarse y corría el riesgo de ahogarse en el agua que se estaba acumulando al pie de las colinas. Se olvidó de que estaba cansado, helado y empapado y, dando la vuelta, retrocedió a toda prisa.

Cuando llegó al pie de la colina, encontró que el agua estaba ya empezando a crecer de nivel. Chapoteando en ella, llamó por su nombre al becerro. De pronto apareció ante él una sombra enorme, una sombra que él presintió incluso antes de verla. Vio luego una segunda sombra, casi igual, y supo que eran los dos elefantes con los que había tropezado en el bosque. Se dio cuenta entonces de que estaban situados, cada uno a un lado del becerro, como si lo estuvieran protegiendo.

Pasó entre los dos grandes animales y se arrodilló al lado del becerro. Acariciándole el lomo lo libró de las enredaderas, y el animal luchó por incorporarse. Todo ese rato, los elefantes permanecieron a su lado, a menos de un brazo de distancia. Aunque él sabía que podrían haber matado al becerro, y a él mismo, con sólo mover una de sus enormes patas, estaba seguro de que no lo harían, ni siquiera sin querer, porque había visto el cuidado y el cariño con que trataban a sus propias crías. En lugar de miedo, se sintió seguro con la presencia de las dos grandes bestias. El agua bajaba ahora rauda por las laderas, invadiendo huecos y cauces secos, hasta que se desbordó. Quiso subir a un lugar más alto, pero el becerro estaba extrañamente reacio a moverse.

Rogó y suplicó al animal, pero éste no respondió; ni siquiera cuando intentó arrastrarlo o empujarlo, se movió. Finalmente, el animal se tumbó en el suelo, y el chico supo que estaba enfermo.

El nivel del agua estaba subiendo, y si el becerro se quedaba en aquel lugar probablemente se ahogaría. Intentó cargar con él, pero ya era demasiado pesado. Así que empezó a cortar ramas y las colocó debajo del cuello y de la cabeza del animal para que pudiera incorporarla un poco. Pero en su interior sabía que, incluso aunque dejara de llover, el agua de la montaña seguiría descendiendo con tanta fuerza y con tanta rapidez, que no podría salvarle la vida de esta manera.

Y entonces fue testigo de algo maravilloso: los dos elefantes empezaron a empujar suavemente al becerro con sus trompas, cada uno por un lado, como lo habrían hecho con una cría suya, hasta que aquél se levantó. Comenzaron a avanzar como si comprendieran perfectamente el peligro que suponía el quedarse donde estaban, sujetando al becerro entre los dos.

Así continuó el extraño cuarteto, hasta que

estuvieron fuera de peligro, más arriba del nivel del agua.

Cesó de llover, rompió el día, y con las primeras luces de color gris humo, Konyek vio que la llanura se estaba convirtiendo en un gran lago. Vio también que estaban en la ladera de una colina rodeada de agua.

Sabía que podían quedarse atrapados en la colina; así que dejó al becerro al cuidado de los elefantes y empezó a buscar una solución.

13   *Un refugio en la colina*

En la colina había hierba y arbustos diseminados, y también un bosque. Konyek se dirigió al bosque y cortó unas ramas para construir un refugio para él y para el becerro enfermo.

Trabajó con rapidez pues mientras hubiese sol quería secar las ramas y las hojas que usaría luego como lecho. Cuando terminó la estructura, la enlució con estiércol de búfalo que había encontrado por allí cerca, para impermeabilizarla; encendió entonces un fuego en el interior, para que el calor de las llamas, dentro, y el del sol, fuera, secaran el refugio antes de que llegara la noche.

Cuando las sombras comenzaron a descender, todo el trabajo estaba hecho. Se encontraba exhausto y hambriento, pues no había dormido ni descansado durante dos días y una noche. Pero ahora tenía que intentar meter al becerro en el refugio.

El animal estaba tumbado de costado, al sol,

y los dos elefantes estaban comiendo por allí cerca. Vio que uno de ellos tomaba un puñado de hierba con su trompa e intentaba alimentar al becerro; su corazón se llenó de gratitud hacia las dos grandes bestias.

Se arrodilló junto al becerro, acarició su cuello y se las arregló para ponerlo en pie. El animal comenzó entonces a pastar, lo que le hizo pensar que estaba un poco mejor, y se mantuvo a su lado; más tarde se fue con él al refugio y pareció contento de quedarse allí a pasar la noche.

Antes de la hora en que el ganado suele regresar al poblado, se acercó a los elefantes. Hablándoles con dulzura les expresó su agradecimiento, porque sabía que no habría otro modo de pagarles. Ellos le miraron con unos ojillos tan llenos de bondad y sabiduría que pareció que le comprendían. La noche extendió su manto de oscuridad por la colina y él regresó al refugio. Hundiéndose en el lecho de ramas frondosas, se durmió inmediatamente. Fuera se acumularon las nubes, y el cielo descargó agua otra vez sobre la tierra. El diluvio se prolongó durante toda la noche, pero Konyek durmió seguro y seco, con la cabeza apoyada en el lomo del becerro. Los dos elefantes, impertérritos ante el agua que chorreaba por su piel, montaban guardia.

Todavía seguía lloviendo por la mañana, y llovió todo el día y toda la noche y otros dos días más con sus dos noches. Durante ese tiempo, el becerro se fue restableciendo y comenzó a salir a pastar. Konyek también salía porque estaba hambriento y no tenía nada que comer. Le hubiera gustado que se encontrara allí el pequeño cazador para ayudarle, pues no sabía dónde encontrar moras o raíces. Su pueblo no cultivaba la tierra ni recogía cosechas; consideraban que era un trabajo vil para ellos, y despreciaban a los que sembraban y cosechaban para vivir. Apreciaban su libertad tanto como el valor, y pensaban que los agricultores estaban tan encadenados a la tierra como las pulseras de las mujeres a sus muñecas.

Empezó su primera exploración de la colina, pero no pudo adentrarse mucho por culpa de la lluvia. En el bosque, donde crecían pinos y otros árboles altos, descubrió moras y una especie de nuez que era dulce y nutritiva. En un pequeño claro encontró una charca profunda, como si fuera una especie de ojo secreto del bosque; una cigüeña grande, de pico rojizo, desplegó sus amplias alas grises, rompiendo el silencio y asustándole.

En su camino de regreso vio dos hienas que no le quitaban ojo. Temía a las hienas, pues a veces atacaban a una cebra adulta o a un animal salvaje. Lo que más les gustaba era apoderarse de las crías recién nacidas; por la noche, cuando acostado escuchó su risa salvaje, se alegró de que *Nube de Noviembre* estuviera a salvo junto a él, y frotó su cabeza contra el lomo del animal en el que reposaba.

Al día siguiente remitió la lluvia. Vio unos buitres volando en círculo y pensó que habría habido alguna matanza. Pero, en lugar de ello, encontró un antílope que acababa de morir, quizá de viejo. Rápidamente, antes de que se presentaran las hienas, cortó tiras de su piel, con las que podría hacer unas correas si fuera preciso. Cuando se alejaba, llegaron presurosas las hienas y empezaron a devorar al animal. Los buitres seguían describiendo círculos y esperaban.

Al quinto día, el becerro estaba mucho más fuerte; había pasado la lluvia y pastaba, desde la mañana hasta el atardecer, cerca de los dos elefantes. Depositando su confianza en ellos, Konyek dejaba que cuidaran del becerro. Entonces, por primera vez, el muchacho ascendió a la cumbre de la colina, que era alta y redonda y coronada de rocas y árboles. Había declives y montecillos en las laderas, y buscó algo de caza en ellas para alimentarse; pero no encontró nada, salvo la hierba verde y las flores salvajes que habían brotado con la lluvia. Las flores eran pequeñas y de aspecto sutil; en el aire había un perfume fresco y dulce y se escuchaba el canto de los pájaros. Subió hasta las piedras más altas. Mirando hacia abajo, quedó asombrado del cambio que se había operado.

Por una parte, la llanura se había convertido en un vasto lago; por otra, todas las colinas que alcanzaba a ver parecían estar flotando en un mar gris tranquilo. Y como cada colina estaba separada de las otras por el agua, sólo los pájaros podían recorrer el camino de una cumbre a otra. Desde donde él se encontraba no podía ver más vida que la de los pájaros. El mundo parecía tan despoblado que se imaginó que quizá fuera así cuando Dios creó la tierra.

Vagó por entre las rocas y los árboles, cruzó luego la cumbre de la colina y bajó por el otro lado. Allí los arbustos crecían más juntos y, hambriento como estaba, buscó moras entre ellos. Repentinamente se encontró en un camino y sintió una ráfaga de esperanza, pues los caminos conducen con frecuencia a los poblados.

Siguió el camino que bajaba por la ladera, y al acercarse a la orilla observó dos montículos pardos, parecidos a los lomos de los hipopótamos cuando asoman sobre la superficie. Se dio cuenta entonces de que, efectivamente, el camino conducía a un poblado situado en el valle, pero éste se encontraba inundado y la gente había tenido que huir. Hambriento y desalentado, dio la vuelta para regresar.

En aquel momento oyó el balido de una cabra, un balido que se repetía lastimeramente. El sonido provenía de algún lugar cerca de la orilla, y volvió sobre sus pasos caminando hacia aquel lugar. En seguida vio la cabra.

Estaba atrapada en el lodo, como también lo estaba su cabritillo blanco, que casi se había hundido por completo. Sabía que tenía que actuar con rapidez si quería salvar a los animales, pero no se atrevía a acercarse más, pues podía hundirse también él en el cieno. Así que, tan rápidamente como pudo, empezó a cortar ramas de los arbustos y con ellas hizo un sendero sobre el barro traicionero. Durante un rato pudo ver que la cabra forcejeaba y se hundía algo más en el fango, y que ya empezaba a desaparecer la cabeza del cabritillo. Colocó delante de él la última rama y dio con cuidado un paso más adelante; se inclinó y tiró del pequeño animal hasta arrancarlo de las garras absorbentes del lodo, depositándolo sobre el sendero de ramas. Ató entonces una de las correas de cuero que había hecho con la piel del antílope alrededor del cuello de la cabra, que forcejeaba, y empezó a tirar para sacarla. Cuando al fin la arrastró hasta las ramas, recogió al cabritillo y llevó a la cabra lejos del cieno.

Tan pronto como estuvo nuevamente sobre tierra firme, quitó el barro del cuerpo inmóvil del cabritillo e intentó, a base de masajes, que expulsara el agua que había tragado y calentar su cuerpecito. Luego, dándole calor con su propio cuerpo y sujetando a la cabra con la correa de cuero, giró sus pasos en dirección al hogar.

Nunca había estado tanto tiempo fuera, por lo que estaba ansioso por volver a ver a *Nube de Noviembre*. Cuando llegó, lo encontró pastando plácidamente junto a los dos elefantes.

Ató la cabra a un árbol, entró en el refugio, encendió un fuego y se sentó con el cabritillo en brazos, cuidándolo. Estaba vivo aún, pero tan enfermo que no sabía si resistiría hasta la mañana siguiente. El muchacho recostó al cabritillo en su lecho de ramas frondosas y fue a buscar a la cabra. Por un momento se había olvidado de su hambre, absorbido como estaba en la tarea del rescate de los animales; pero ahora la sentía nuevamente y vio que las ubres de la cabra estaban llenas. La ordeñó directamente en su boca, y el sabor le resultó maravillosamente dulce y reconfortante; hacía mucho tiempo que no mojaba sus labios con una gota de leche y ésta reanimaba su estómago vacío. No obstante, sólo vació a medias las ubres de la cabra, para que hubiese suficiente leche en el caso de que el cabritillo se recuperara. Se levantó del suelo y llevó la cabra al refugio, haciendo lo propio con el becerro.

Había oscurecido ya, por lo que se echó a dormir y no se despertó hasta las primeras luces del día siguiente. Cuando lo hizo, oyó un sonido extraño que al principio no pudo identificar, hasta que se dio cuenta de que se trataba del cabritillo que estaba mamando. Se sintió rebosante de felicidad al ver que el cabritillo vivía. Y se sintió feliz también, porque ahora tenía una cabra y no volvería a estar hambriento en aquella colina, en la que tenía que permanecer hasta que bajara el nivel del agua.

14 *Los elefantes salvan al becerro*

Los días pasaban, la lluvia continuaba cayendo y el nivel del agua aumentaba. Konyek amplió el refugio para que la cabra y su cría pudieran tener su propio sitio para dormir por la noche, y practicó una pequeña abertura para poder arrastrarse desde su refugio al de las cabras. A menudo sentía nostalgia de su hogar y de su familia y se preguntaba cuánto tiempo tendría que pasar antes de que pudiera regresar junto a ellos. Se preguntaba también si creerían su historia alguna vez, pues aun en el caso de que Parmet no hubiese mentido, sería un relato extraño el que tenía que contar.

Pero no se sentía desgraciado, porque tenía un lugar cálido en el que dormir por la noche, leche para beber y la compañía de los animales; en especial la de *Nube de Noviembre*.

Los dos elefantes seguían junto a él y se encontraba a gusto con su presencia. Todas las mañanas, al levantarse, iba a ver si aún seguían allí, pues conocía las idas y venidas del elefante y su inexplicable afán de viajar. A veces desaparecían tras la colina o estaban ocultos por algún declive del terreno y él corría en su busca, temeroso de que se hubieran marchado y no volvieran nunca más. Pero siempre los encontraba y, por lo general, no lejos de su refugio; por lo que imaginaba que cuidaban de su casa por la noche y de su becerro durante el día.

Una mañana, quizá dos semanas después de su llegada a la colina, salió a reconocer la ladera por el lado Este. Era más rocosa y había cuevas en las que habitaban muchos murciélagos. Las liebres echaban a correr a su paso y vio huellas de un leopardo. Los rayos solares eran pálidos aquella mañana, y Konyek anduvo lentamente, recibiendo su calor, cerca de un rebaño de gacelas de pelaje suave y rayas negras en los costados. De repente, los dos machos se abalanzaron el uno contra el otro, entrelazando sus cuernos, delicadamente labrados, y luchando ferozmente. Las hembras permanecían cerca mirando, igual que Konyek. Después de un rato, él las espantó; los machos separaron sus cuernos y salieron huyendo, seguidos por las hembras. Entonces Konyek se volvió hacia su refugio.

Cuando llegó a la colina en la que había construido su refugio, oyó ladridos y relinchos frenéticos. Vio un rebaño de cebras corriendo en círculo, que se rompió como un torrente de cuerpos rayados que huían por la ladera. Tras ellas corrían unas hienas y la que marchaba delante tenía ya a su alcance a la última de las cebras. Otras cuatro hienas corrían tras ella a poca distancia, y si la primera consiguiese en un momento dado atrapar la cola de la cebra, las otras la rodearían, la tirarían al suelo y la descuartizarían.

Konyek apenas pensó en las cebras, porque cerca de ellas estaba *Nube de Noviembre*. Por primera vez no se veía por ninguna parte a los elefantes. Echó a correr hacia el becerro. En aquel momento, la cebra más retrasada se volvió repentinamente y mordió a la hiena; ésta, con un rugido de dolor, renunció al ataque. Las hienas volvieron su atención hacia el indefenso becerro y, girando en redondo, se dirigieron hacia él.

Konyek vio que el animal permanecía quieto, demasiado aturdido por el terror como para moverse. El corrió aún más pero, como si se tratase de una pesadilla, tenía la sensación de que nunca llegaba al becerro. Escuchó entonces un fuerte trompeteo y aparecieron los dos elefantes por una curva de la ladera. Agitaban sus cabezas y sacudían con rabia sus grandes orejas al tiempo que arremetieron directamente contra las hienas; éstas estaban ahora tan aterrorizadas como el becerro, y salieron huyendo hasta perderse de vista. Konyek sintió que su cuerpo se debilitaba una vez pasado el momento de tensión.

Los dos elefantes habían salvado la vida a su becerro y se sentía feliz. La elefanta acarició al becerro con su trompa, como si se tratara de su

propia cría; nunca le había visto hacerlo antes. A partir de ese día llamó al elefante hembra *Yoyo,* que en *masai* quiere decir madre, y al macho, *Leng-aina,* que en *masai* significa «el del brazo largo» y, también, «elefante». Ahora que los dos elefantes tenían nombre, quedaban diferenciados de los demás, y él los consideró sus amigos.

A la mañana siguiente, cuando se levantó y salió, no pudo encontrar a *Yoyo* y a *Leng-aina* por ningún lado. Los buscó por todas partes, por el Este y por el Oeste, y los llamó. Pero ni aun así aparecieron. Buscó más lejos, pero había llovido durante la noche y la lluvia había borrado sus huellas, por lo que al principio se alarmó y luego se entristeció. Sin ellos, la colina parecía solitaria y triste.

Había dejado encerrados en el refugio a la cabra y a su cabritillo, bloqueando la entrada con unos grandes trozos de piedra; pero se había llevado consigo al becerro. Estaba muy quieto junto a él, escuchando y concentrándose, tratando de captar alguna señal de los elefantes. Tenía la impresión de que también todo lo demás, los matorrales y los árboles, la hierba e incluso la propia tierra, estaban extrañamente quietos. Y notaba que algo muy especial estaba ocurriendo; era una sensación extraña que no acertaba a explicarse. Tenía incluso la certeza de que los árboles y los matorrales y la hierba bajo sus pies experimentaban la misma sensación; quizá, también, hasta el becerro *Nube de Noviembre.*

Durante algún tiempo se quedó donde estaba, escuchando y atentamente concentrado. No muy lejos pastaba el rebaño de cebras y los impalas de color castaño; un pájaro de la miel cantaba, pero él no prestaba atención. Entonces, como arrastrado por una fuerza extraña, empezó a descender de la colina hacia un bosquecillo de árboles. Caminó por la maleza y se encontró en una plataforma que había tras una curva de la ladera. Se detuvo en aquella bella explanada llena de matorrales y hierba muy alta. Allí se encontró con *Yoyo* y *Leng-aina*.

Yoyo levantó la cabeza y trompeteó en señal de aviso. Konyek se quedó inmóvil y sorprendido, pues esto nunca antes había ocurrido. *Lengaina* se apartó hacia un lado, sin separarse mucho, tapando parcialmente a *Yoyo*. Y, entonces, Konyek vio lo que había ocurrido, y se quedó maravillado y lleno de entusiasmo.

15 *El nacimiento de Ol-Kulto*

JUNTO a *Yoyo* yacía una cría recién nacida, una copia perfecta, en pequeño, de su madre. La acariciaba cariñosamente con su trompa, y Konyek vio que la lluvia había limpiado al recién nacido; vio también a los buitres, que volaban en círculos esperando para devorar la placenta. La cría apenas se podía tener sobre sus patas, pero ya empezaba a buscar la leche de su madre. Pero lo hacía entre las patas traseras de la madre en vez de entre las delanteras y como estaba tan débil se vino abajo otra vez. Su madre le ayudó una vez más a levantarse, y él reanudó la búsqueda de la leche. Pero, incluso cuando encontró las ubres, tuvo que estirar tanto la trompa para mamar, que el esfuerzo resultó demasiado grande y volvió a caerse al suelo. La madre dio unos pasos adelante, se volvió, y ayudó de nuevo a su cría a incorporarse.

Konyek se sentó y contempló aquella lucha por empezar a vivir: la lucha por incorporarse y por alcanzar la leche que le garantizaba la vida. Mientras, la madre actuaba con paciencia y cariño, acariciando con su trompa al animalito como una mujer podría acariciar a su bebé con la mano, hasta que finalmente tuvo éxito y empezó a mamar.

Konyek estuvo todo aquel día por allí cerca con el becerro *Nube de Noviembre*. Se preguntaba qué pasaría cuando las dos crías se conocieran, y si se harían amigos. Decidió dar un nombre al recién nacido, como se hacía con las crías del rebaño de su padre. Como durante las dos últimas semanas los cielos había descargado sus aguas sobre la tierra todas las noches, la llamó al principio *Hijo de las Grandes Tormentas*. Pero cuando lo miraba y veía lo pequeñito que era, encontró más apropiado llamarla *Ol-Kulto,* que en *masai* es el nombre que se da a una cierta oruga muy débil y pequeña.

Además, ese nombre le gustaba porque le recordaba la leyenda de la oruga que su abuela le había contado:

«HABIA una vez una oruga que se fue a vivir a la casa de una liebre. Cuando la liebre volvió, vio las huellas y gritó:

—¿Quién está en mi casa?

La oruga le contestó con voz fuerte:

—Soy el Guerrero Solitario, que luchó bravamente en la batalla de Kurtiale. ¡A los rinocerontes les hice morder el polvo, y con los elefantes hice estiércol de vaca! ¡Soy invencible!

La liebre quedó muy sorprendida, sin atreverse a entrar, y fue corriendo a contárselo a los otros animales. Primero se lo dijo a la hiena, que se rió a más y mejor, sin creerse la historia. Pero la liebre rogó a la hiena que fuera a su guarida y se cerciorase ella misma. La hiena fue en efecto, y desde fuera de la guarida de la liebre gritó en voz alta:

—¿Quién está ahí dentro?

La oruga respondió con voz aún más fuerte:

—Soy el Guerrero Solitario, que luchó bravamente en la batalla de Kurtiale. ¡A los rinocerontes les hice morder el polvo, y con los elefantes hice estiércol de vaca! ¡Soy invencible!

Al oír esto, la hiena salió corriendo con el rabo entre las piernas.

Luego, la liebre fue al rinoceronte a contarle la historia, y el rinoceronte bufó irritado y también se negó a creer sus palabras. Pero ella le convenció de que fuera y lo comprobase por sí mismo. Así que el rinoceronte fue a la madriguera y, desde fuera, dijo con voz poderosa:

—Soy el fiero rinoceronte. ¿Quién ha osado entrar en casa de la liebre?

Y la oruga contestó con las mismas palabras que anteriormente, con voz aún más fuerte:

—Soy el Guerrero Solitario, que luchó bravamente en la batalla de Kurtiale. ¡A los rinocerontes les hice morder el polvo, y con los elefantes hice estiércol de vaca! ¡Soy invencible!

El rinoceronte se quedó atónito y se marchó

sin hablar, trotando por entre los arbustos.

Ya todos los animales conocían la historia, y cada uno de ellos había ido a la guarida de la liebre y habían gritado con voz fuerte, desde fuera: «¿Quién está ahí?» Y a todos les había respondido la oruga con voz aún más fuerte: «Soy el Guerrero Solitario...»

Incluso fueron el leopardo y el león, así como el elefante, el más poderoso de todos ellos.

Cuando la oruga oyó las poderosas pisadas del elefante, que hacían temblar la tierra y escuchó su voz poderosa, se aterrorizó. Pero disimuló su miedo y replicó con voz igualmente poderosa:

—Soy el Guerrero Solitario, que luchó bravamente en la batalla de Kurtiale. ¡A los rinocerontes les hice morder el polvo y con los elefantes hice estiércol de vaca! ¡Soy invencible!

Sólo la rana, entre todos los animales, no había visitado aún la guarida de la liebre y, por fin, se dirigió hacia ella. Cuando llegó, se quedó fuera y dijo en tono insolente:

—¡Soy un animal fuerte y saltador, tengo ancas como postes y Dios me ha hecho repugnante!

Ante lo cual la oruga se echó a temblar y dijo con voz débil:

—Yo soy sólo una oruga.

Al oír esto, todos los animales se echaron a reír; porque la pequeña oruga los había engañado a todos, incluso a los más fuertes y más grandes».

Y así, ahora, mirando a la pequeña cría que había parido la poderosa *Yoyo,* a Konyek le parecía que el nombre de *Ol-Kulto* (pequeña oruga), era muy apropiado para ella y que, cuando fuera mayor, entonces podría llamarse *Hijo de las Grandes Tormentas.*

16 *La marcha de la colina*

DURANTE unos cuantos días, Konyek se mantuvo a una distancia prudente de *Ol-Kulto* y de su madre. Conocía lo inquietos que se volvían los elefantes cuando nacían sus crías y cómo las protegían cuidadosamente. Pero el elefantito era curioso y, pasado un tiempo, se acercó al becerro *Nube de Noviembre* y le tocó con su pequeña trompa, para empezar a conocerle. Luego intentó meterle la punta de la trompa en la boca, según la manera afectuosa con que los elefantes se saludan entre sí. Y, a partir de ese momento, las dos crías estaban siempre juntas.

Ol-Kulto también se encariñó pronto con Konyek. Cuando su madre dejó de inquietarse y lo cuidaba menos celosamente, seguía incluso a Konyek hasta el refugio, palpando las paredes con su trompa, hasta que todo le resultó familiar. Era muy juguetón y le gustaba ir tras Konyek, como si fuera un niño, igual de cariñoso, por lo que Konyek empezó a sentir por él lo que sentía por el becerro *Nube de Noviembre*. Muy pronto, *Yoyo* llegó a confiar plenamente en Konyek, e incluso le dejaba acercarse mientras su hijo comía.

El cabritillo blanco también era juguetón. Brincaba y saltaba alrededor de *Ol-Kulto*, que no era tan ágil ni mucho menos. Este último tropezaba a menudo y se caía mientras jugaban juntos, lo que hacía reír a Konyek. A *Ol-Kulto* le gustaba también jugar en el agua. Pero lo que más le gustaba era revolverse con *Yoyo* y *Lengaina* en el barro, y rodar luego por la tierra fresca y suave. A menudo se refugiaba bajo el vientre de su madre, en el lugar seguro que había entre las cuatro sólidas patas, pero *Yoyo* nunca pisaba a su pequeña cría, a pesar del gran tamaño de sus pezuñas.

Ol-Kulto se hacía cada vez más fuerte, y Konyek se familiarizaba cada día un poco más con la incesante actividad de esta colina en la que vivía. Los airones blancos seguían las huellas de los elefantes para comerse los insectos que desenterraban con sus enormes pies a cada paso que daban.

Una familia de mangostas vivía cerca del refugio, en un hormiguero vacío, casi tan alto como el becerro. Konyek veía a menudo a dos avestruces, y un día encontró al macho cortejando a la hembra. Su magnífico plumaje negro y blanco se extendió como un gran abanico, se inclinó elegantemente hacia la tierra y se balan-

ceó sobre sus largas patas como se mueven las ramas de un árbol con el viento. Y le pareció, mientras miraba con atención, que su pueblo había puesto un nombre adecuado al avestruz, pues le llamaban *sidai,* que en *masai* significa *bonito.*

Veía jugar con frecuencia a los mandriles, sujetas las crías a la espalda de su madre y, a veces, un rebaño de majestuosos impalas se unía a los juegos de los mandriles en lo alto de la colina. Otras veces, cuando cesaba de caer la lluvia y la luna pugnaba por asomarse tímidamente entre las nubes, le gustaba salir por la noche. Los grandes elefantes caminaban tan silenciosamente, que los olía, o divisaba sus enormes siluetas, antes que oírles. Había visto chacales deslizándose sigilosamente en la oscuridad de la noche, y una vez llegó a ver los ojos amarillos de un león. Pero se había quedado inmóvil y el animal continuó su camino sin advertir su presencia.

Ahora que podía dejar seguro al becerro *Nube de Noviembre* con los dos elefantes, deambulaba durante horas por el bosque. Junto a la charca escondida, cuya agua reposaba tranquila y pálida como una perla en una ostra, contemplaba cómo se alimentaban las cigüeñas. Había pájaros, con alas de color escarlata, que resplandecían entre las hojas como llamas, y muchas mariposas, cuyos colores eran como los del cielo cuando sale el sol y cuando se pone.

A veces, cuando regresaba al refugio, ya era

casi la hora del crepúsculo, y tenía la sensación de que los tres elefantes y el becerro, así como la cabra y el cabritillo, le estaban esperando. Con frecuencia sus pensamientos se dirigían a su casa y a su familia, pero, a pesar de que añoraba reunirse con ellos, no se sentía desgraciado.

Llegó un día en que dejó de llover, y a éste le siguieron otro y otro. Konyek supo entonces que el dios negro había exprimido de las nubes la última gota y que los cielos no descargarían más agua sobre la tierra hasta pasado un largo tiempo. Subió a la cima de la colina y, al mirar abajo, vio que, por fin, estaba descendiendo el nivel del agua y que pronto podría abandonar la colina. Se acordó de sus padres y hermanos, de su abuela y de Ol-Poruo, y se puso contento. Luego pensó en Parmet, y se preocupó. Cuando regresó descendiendo por la colina, vio al elefantito y al becerro bañados por la luz dorada de la tarde, y se entristeció. Sabía que pronto llegaría el momento en que tendría que separarse de sus amigos los elefantes y en que también tendría que separarse de ellos el becerro *Nube de Noviembre*.

Día tras día, la renovada fuerza del sol iba secando el agua, y a Konyek le parecía que los elefantes estaban cada vez más inquietos. Pronto podrían continuar su camino en busca del resto de la manada, igual que él debía buscar a su familia. Una mañana, al levantarse, comprobó que se habían ido.

Los buscó y los llamó, pero sabía que no los

encontraría. Probablemente habían esperado todo lo posible, hasta que al fin, guiados quizá por algún instinto muy profundo, habían tenido que marcharse. Se entristeció y vio que también el becerro estaba triste con la marcha de *Ol-Kulto.* El estaba triste porque se encontraba solo, aunque sabía que sería feliz cuando regresara con su familia, igual que el becerro sería feliz cuando volviera con el rebaño. Así que, ese mismo día, luego de recoger su cuchillo y su palo y las correas de piel de antílope, y llevando consigo la cabra, el cabritillo y el becerro *Nube de Noviembre,* emprendió el viaje de regreso a casa.

Cuando llegó al pie de la colina, se volvió para mirar atrás. Contempló durante un largo rato los declives y las hondonadas, los árboles y los matorrales, y el bosquecillo que se apiñaba alrededor de la cima. No quería olvidarlos nunca; no sabía si volvería algún día, y la cara de la colina era como la cara de un amigo. Así que le dio un nombre, y la llamó la *Colina del Buen Refugio.* Allí había encontrado abrigo y alimento, y sus laderas habían albergado y alimentado también al becerro *Nube de Noviembre,* a las cabras y a los tres elefantes.

Al fin dio la vuelta y empezó a cruzar el valle.

17   *De vuelta al hogar*

EL barro era espeso, y a veces caminaban entre charcos de agua, por lo que al principio avanzaron lentamente. Pero después dejaron el valle y caminaron por tierras más altas, y el camino se hizo más fácil. Cuando cayó la noche, Konyek ató la cabra a un espino, y él durmió, como tantas veces lo había hecho, con la cabeza sobre el lomo del becerro. Pero sus sueños se mezclaron con visiones de Parmet, en las que éste le perseguía siempre con una lanza de plata en la mano, mientras el resto de los muchachos de su clan, los *Grandes Plumas de Avestruz,* estaban a la expectativa y se reían; también las muchachas. Pero al despertarse por la mañana, vio que la tierra aparecía dorada y verde, que el agua corría alegre por los ríos y que el cielo estaba más azul que los pétalos de las aguileñas salvajes, y se olvidó de sus sueños.

Ese mismo día, más tarde, acertó a pasar junto a él un anciano, que le preguntó de dónde venía y adónde iba. Konyek le contó el ataque que había sufrido, el modo como había sido salvado por el pequeño cazador y cómo éste lo había conducido hasta el pueblo de los asaltantes, y, finalmente, cómo había recuperado el becerro. Entonces el anciano le dijo:

—Conozco al *dorobo* del que me hablas. Pasé por el lugar en el que yacías herido y él me pidió que dijera a tu pueblo dónde estabas y lo que te había ocurrido. Pero cuando llegué a tu pueblo, la gente lo había abandonado y se había dirigido a otro lugar más alto, en las colinas, donde todavía quedaba un poco de agua para el ganado.

Konyek le preguntó:

—¿Sabes adónde se dirigían?

—Tomaron el camino que lleva más allá del cauce seco del lago —aunque ahora esté lleno de agua— y luego se adentraron por el bosque donde crecen los altos cedros. Después cruzaron las colinas llamadas de los *Siete Bueyes,* porque tienen siete jorobas como las de nuestro ganado, y se habrán asentado en algún lugar de la siguiente línea de colinas. Cuando estés cerca, pregunta de nuevo, pues todo el mundo conoce el lugar de residencia de Ol-Poruo, el del *Escudo Invencible,* el hijo del gran profeta, que predijo la llegada de los hombres de piel pálida como la luna y de cabello del color de la casia.

Miró al muchacho que era nieto del profeta conocido como Olle-Langoi y vio que era alto, delgado y hermoso. Sabía también que era valiente, pues había recuperado el becerro negro;

pero ahora se preguntaba por qué había estado lejos tanto tiempo. Cuando se lo preguntó a Konyek y éste le contó que había vivido en la *Colina del Buen Refugio* con los elefantes, sólo le creyó a medias. Para pasar el tiempo mientras caminaban, y para probarle, el anciano le puso unos acertijos. Lo primero que dijo fue:

—¿A qué se parecen mis guerreros cuando se apoyan sobre una sola pierna?

Konyek contestó sin dudar:

—A las euforbias; sí, a esos árboles.

Le preguntó luego el anciano:

—¿A qué se parecen mis guerreros cuando forman un círculo y uno no puede saber cuál es el primero y cuál el último?

Konyek respondió con igual rapidez:

—A los clavos con que se clava una piel para estirarla.

Dijo entonces el anciano:

—Yo poseo dos pieles; en una me acuesto y la otra me cubre. ¿Qué son?

A lo que respondió Konyek:

—Una es la tierra y la otra el cielo.

Finalmente preguntó el anciano:

—Hay una tira de piel, uno de cuyos extremos está húmedo. ¿Qué es?

Y Konyek respondió:

—El camino que lleva hasta el agua.

El anciano asintió con la cabeza, satisfecho. Llegaron a un punto en donde el sendero se dividía y se despidieron uno del otro para seguir distinto rumbo.

Esa noche, Konyek durmió bajo una higuera gigante, sintiendo el viento en sus hojas y el murmullo del arroyo; oyó también el rugido lejano de un león. Por la mañana, al despertarse, vio una serpiente larga y rayada que colgaba de las ramas del árbol, pero se sentó tranquilamente, sin sentir miedo, y no intentó causar daño alguno al animal. Y ello, porque su pueblo creía que, cuando moría un hombre importante, su espíritu iba al cielo; pero que cuando moría uno que era bueno pero no importante, se metía en el cuerpo de una serpiente. Así que apretó entre sus dedos las ubres de la cabra para que cayera un poco de leche sobre la tierra y la dejó para la serpiente. Luego, de nuevo emprendió el camino.

Ese día, más tarde, atravesó el bosque de los altos cedros y llegó a las colinas de los *Siete Bueyes*. Allí se encontró con un grupo de chicos jóvenes. Cantaban alegremente mientras caminaban, y entendió que celebraban el final de su niñez. Por ello iban de poblado en poblado los últimos días que precedían al gran día de su circuncisión. Ninguno de aquellos muchachos era de su poblado, pero eran de la misma edad que los *Grandes Plumas de Avestruz* y por ello dedujo que ya habría sido fijada la fecha de la ceremonia y que él tendría que unirse a los grupos que lo celebraban. Konyek sintió que el nerviosismo le invadía por completo. Vio entonces que le miraban con curiosidad, y que uno de ellos murmuraba algo a los demás, al recordar de repente la historia de Konyek y su becerro. Los chicos se echaron a reír burlonamente y prosiguieron su camino cantando.

Quedó profundamente preocupado, mientras caminaba por la ladera, pues se daba cuenta de que las mentiras de Parmet se habían propagado a lo largo y a lo ancho. Caminó cerca del becerro *Nube de Noviembre,* y el calor tibio de su cuerpo le reconfortó un poco.

A la hora en que el ganado suele regresar al poblado, empezó a escalar la segunda serie de colinas. Cuando se preguntaba qué dirección tomar, oyó el sonido de un cántico y sintió el olor a estiércol de ganado y de madera ardiendo. Siguió el ruido y el olor y llegó al poblado poco antes de que cayera la noche.

Fisgando a través de la barrera de ramas vio a los guerreros que bailaban dando grandes saltos en el aire, por lo que sus cabellos se levantaban al saltar; las mujeres también bailaban en un grupo aparte ellas solas, moviendo su cuerpo rítmicamente. Entre las mujeres reconoció a su madre y a su hermana mayor. Su corazón comenzó a latir con celeridad y le invadió de nuevo el nerviosismo.

Pero entonces divisó a Parmet, y su alegría se esfumó como el viento suave en los días cálidos.

No le pareció oportuno entrar en aquel momento en el poblado y se quedó vigilando cerca del becerro. Sabía que aquellos guerreros acababan de bajar de las colinas, en las que habían pasado sus últimos días de guerreros. Pronto sus madres les cortarían los cabellos primorosamente adornados, y los mechones cobrizos y rizados caerían en la piel de vaca extendida en el suelo y sobre la que se sentarían. Y al igual que un árbol pierde sus hojas o florece, según la estación de que se trate, así estos hombres perdían su cabello y pasaban de la estación de la guerra a la del matrimonio. Dejarían sitio a una nueva generación de guerreros y los nuevos guerreros dejarían sitio a una nueva generación de jóvenes recién iniciados. De esta forma sus vidas seguían un ciclo marcado tan claramente como los ciclos de la naturaleza, pasando de la niñez a la senectud igual que las estaciones pasan de la primavera al invierno. Ahora se acercaba el momento en que él dejaría tras de sí su niñez y adquiriría la condición de adulto. Pero su corazón no se alegraba con ello como el de los jóvenes que había encontrado en el camino, pues tenía miedo de las mentiras de su primo Parmet. Temía también el enfado de su padre y el disgusto de su abuelo Ol-Poruo, por las cosas que Parmet había contado y porque había abandonado el poblado sin su permiso.

El pueblo continuaba bailando a la luz brillante de la luna. Ahora lo hacían juntos los hombres y las mujeres, y resplandecía tanto la luna, que podía distinguir el brillo del ocre sobre sus cuerpos. Konyek se sintió avergonzado y triste por no tener en su cuerpo ocre que le hiciera parecer hermoso. Así que se alejó arrastrándose y se escondió en el bosque próximo al poblado; una vez más pasó la noche bajo las estrellas, junto al becerro *Nube de Noviembre*.

Unas voces le despertaron, y a la luz brumosa que hay entre la noche y el alba vio que los ancianos, junto con los hombres casados del pueblo, habían traído un buey hasta el bosque y se disponían a sacrificarlo. Vio a su padre y a Ol-Poruo y su corazón comenzó a palpitar como un tam-tam.

Vio cómo su padre ayudaba a atar al buey. Cuando el animal yacía sobre un costado, otro hombre se agachó y le clavó un cuchillo en la nuca, matándolo rápidamente. Unos hombres lo desollaron y descuartizaron, y los demás prepararon una parrilla con maderas. Hicieron fuego y, cuando todo estaba preparado, asaron la carne lentamente, charlando en pequeños grupos.

Observó todo esto sin dejarse ver. Vio luego a las mujeres que se acercaron desde el poblado a recoger su parte de carne, pues ni a ellas ni a los niños les estaba permitido comer con los hombres. Vio a su madre y a su abuela, y estuvo tentado de llamarlas; pero se contuvo. Cuando los hombres iniciaron su festín se alejó arrastrándose entre los árboles.

Sabía que no podría esconderse mucho tiempo, pero quería que su padre y Ol-Poruo estuviesen presentes en el poblado cuando entrara, porque no quería que ocurriera nada entre Parmet y él que no escucharan ellos. Sabía que ellos regresarían al poblado cuando acabase el festín, así que esperó hasta que las sombras empezaron a descender.

Entonces se encaminó hacia el poblado.

18 *El juicio de Konyek*

Konyek entró con el brazo sobre el cuello del becerro *Nube de Noviembre,* y le seguía la cabra con el cabritillo blanco a su lado. Cuando entró, cesaron los cánticos y las danzas y la gente le miró con atención y quedó inmóvil. Se adelantaron su padre y su abuelo Ol-Poruo, y su padre le dijo:

—Has estado lejos muchas semanas y creíamos que habías muerto.

—Parmet me abandonó en el valle para que muriera cuando me atacaron y me hirieron unos guerreros —contestó Konyek—. La dureza de su tono sorprendió al pueblo tanto como su aparición, pues todos conocían su dulzura de espíritu y su tranquilidad.

—¡Sus palabras son falsas! —gritó Parmet—. ¿No os dije que abandonó el rebaño y huyó con el becerro negro? Si yo no dije la verdad, ¿cómo es que ahora regresa con el brazo sobre el cuello del becerro?

La gente empezó a murmurar mostrando su conformidad, pero Ol-Poruo les mandó callar y pidió a Konyek que relatara todo lo que le había ocurrido desde su marcha.

Konyek les habló del cazador *dorobo,* y de cómo le había ayudado; les habló de las noches que había pasado en el bosque, y de la crecida del río; les contó su lucha con el pastor y cómo, tras vencerle, había recobrado el becerro *Nube de Noviembre.* Describió la persecución de los guerreros y la tormenta que había estallado, y les habló de *Yoyo* y de *Leng-aina* y de cómo los dos elefantes se habían quedado con él en la *Colina del Buen Refugio.*

Pero antes de que llegase al final de su historia, Parmet empezó a reírse con una risa fuerte y burlona; el resto de los chicos y chicas de su grupo se rieron con él e incluso muchos de los hombres y mujeres casados lo hicieron también. Konyek se sintió triste por aquella vergüenza, y amargado por la rabia. Y quitándose de un tirón la túnica naranja por la parte que le cubría el hombro, señaló la cicatriz de la herida, que aún estaba reciente. Era una cicatriz larga y profunda y la gente se arremolinó alrededor para contemplarla. Por un momento, Parmet quedó confuso.

—¡Mirad la herida que me produjo la lanza de los guerreros! —gritó Konyek furioso—. ¿Acaso la tenía cuando dejé el poblado? ¡Que lo diga el que la haya visto antes!

Entonces dijo Parmet:

—¡Demuéstranos que era la lanza de un enemigo! ¡Has estado lejos mucho tiempo! Podrías haber tropezado con algún león en tu colina, o tal vez te acercaste demasiado a tus amigos los elefantes...

Al oír esto, la gente empezó a reírse de nuevo, lo que envalentonó a Parmet, que dijo en tono burlón:

—Quizá los cocodrilos te persiguieran por la orilla del río desbordado, o puede que los hipopótamos te mordieran, o que te hiriera el pastor cuando luchaste con él, como tú dices. ¡Y aún eres capaz de hacernos creer que era la lanza de un atacante! ¿Es que no estaba yo allí y no vi con mis propios ojos lo que ocurrió? ¿No será que alguno de ellos te siguió hasta los matorrales adonde habías huido y te castigó por tu cobardía?

Todo el pueblo comenzó a hablar al mismo tiempo y algunos de los presentes se mofaban de él. Pero Ol-Poruo les mandó callar de nuevo, anunciándoles que se reunirían por la mañana bajo la higuera gigante cercana al poblado, para juzgar el caso según sus costumbres.

Parmet miró a Konyek con manifiesto odio en sus ojos; las miradas de Ol-Poruo y de su padre eran severas y su madre apartó los ojos. La mirada de su hermano Marangu era ansiosa e incierta, y sólo él le consideraba igual que antes.

Todo el mundo se retiró a sus cabañas, pero Konyek permaneció fuera. Se quedó junto al becerro *Nube de Noviembre* y tuvo la sensación de que éste era su único amigo.

Salió la luna, y de nuevo durmió junto al becerro, y de nuevo también se vio atormentado en sueños con Parmet. Se despertó mucho antes del amanecer, tiritando de frío, pero no quería entrar en su cabaña. Contempló la cumbre resplandeciente del Kilimanjaro, oculta tanto tiempo con la lluvia y las nubes, y le pareció tan hermosa como un huevo plateado que hubiese puesto en las nubes un avestruz gigante. Pensó en la ya inminente asamblea bajo la higuera gigante, y sintió oprimírsele el corazón, ya que no tenía medios de probar su historia.

Antes de que el sol iluminara el cielo, salió del poblado para no tener que encontrarse con las mujeres cuando éstas salieran para ordeñar las vacas. Se llevó a la cabra, al cabritillo y al becerro *Nube de Noviembre,* y les dejó que pastaran cerca de la higuera.

La gente empezó a aproximarse; venían de dos en dos y de tres en tres, y se iban sentando bajo la higuera, formando un ancho semicírculo alrededor de los ancianos. Cuando estuvieron todos, uno de los ancianos tomó el cuerno de portavoz y dirigió la palabra al pueblo. Luego, llamó a Konyek.

Este repitió su historia una vez más, pero esta vez se detuvieron en cada uno de los detalles, examinándolos uno por uno como un brujo examina las piedras mágicas de su calabaza, meditándolos cuidadosamente, como si rumiaran igual que una vaca. Le preguntaron por qué no había regresado al poblado antes de ir en busca del becerro, y acerca del anciano y del mensaje que el cazador le había dado a éste. Pero esto no lo creyeron, puesto que no se había presentado ningún anciano. Tampoco creyeron que hubiese encontrado al anciano en su vuelta hacia el hogar, cuando aquél le dijo que había estado en el poblado, pero que la gente se había marchado. Y, desde luego, todos se mostraron de acuerdo en que debía haber regresado al poblado en lugar de marcharse sin el permiso de su padre.

Interrogaron también a Parmet, quien contó nuevamente que Konyek se había ido a descansar a la sombra de los árboles, llevándose consigo al becerro negro. Al oír los gritos de los guerreros, ahuyentó su ganado hacia los árboles e intentó hacer lo mismo con el de Konyek. Llamó a su primo para que le ayudara, pero Konyek no contestó y escapó corriendo por entre los árboles con el becerro negro.

Los ancianos analizaron a continuación el relato de Parmet y el de Konyek y contrastaron una y otra vez lo dicho por uno y por otro, con la misma paciencia con la que una mujer va entrelazando las fibras de un cesto. Hablaron y discutieron todo el día hasta que se ocultó el sol tras las colinas, y todo lo que quedaba del fuego era un rastro de humo dorado. Los ancianos resolvieron finalmente que Parmet debía estar diciendo la verdad. Porque, ¿acaso no había regresado Konyek con el becerro negro como si de verdad se hubiese escapado con él entre los arbustos? ¿Y quién de ellos había oído jamás que un hombre pudiera vivir con unos elefantes? Un *masai* vivía con su ganado y con los otros hombres. Y aún más, no debería haberse alejado del poblado por su propia voluntad, sin conseguir primero el permiso de sus mayores.

La gente murmuró en señal de aprobación, y Konyek vio que el rostro de su padre estaba serio y avergonzado. Y sintió la vergüenza y la desesperación en sí mismo. Pero también sintió una furia salvaje cuando oyó las risotadas de su primo y vio en sus ojos el rencor y el triunfo. Cuando miró a su abuelo Ol-Poruo, no pudo apreciar nada en su cara, que era como una máscara.

Los ancianos aplazaron la asamblea hasta el día siguiente, en que decidirían el castigo que habrían de aplicar a Konyek. Los muchachos y muchachas de su grupo rehusaron hablar con él y le rechazaron con insultos y burlas cuando él se dirigió a ellos. Konyek se dio la vuelta de repente y se alejó rápidamente de ellos con *Nube de Noviembre,* buscando un sitio en el que poder estar a solas. Sus hermanos más pequeños, que no comprendían nada de lo que estaba ocurriendo, se acercaron a él, contentos por su regreso. Ellos creían la historia de *Yoyo* y *Leng-aina* y le pedían que se la contara una y otra vez. Y mientras permanecían sentados, teniendo en su regazo al más pequeño, la quietud se quebró por el trompeteo repentino y salvaje de un elefante que se quejaba. Inmediatamente, aunque

131

no podría decir por qué, Konyek intuyó que se trataba de *Yoyo* y *Leng-aina*. Corrió a su encuentro, mientras los niños volvían al poblado como él les había ordenado. Contaron a los demás dónde había ido Konyek y los hombres y los muchachos se dirigieron hacia allá.

Cuando le divisaron, se detuvieron asustados y asombrados, pues vieron algo extraño e impresionante. Había tres elefantes, dos adultos y una cría pequeña. Uno de los elefantes, la hembra, yacía en el suelo con una flecha clavada en su enorme lomo, mientras la cría permanecía junto a él, acariciándolo con su trompa.

El elefante macho permanecía también a su lado y lo acariciaba igualmente con su trompa. Konyek estaba en cuclillas sobre su lomo y, aunque estaba intentando arrancarle la flecha envenenada, el animal yacía completamente quieto. ¡Y no le causaba daño alguno al muchacho! La gente miraba fijamente, en silencio, y apenas podían creer lo que sus ojos estaban viendo. Pudieron escuchar cómo hablaba Konyek con dulzura al animal y vieron que el elefantito le acariciaba con su trompa sin asustarse. Más aún, parecía conocer al muchacho.

De pronto sucedió otra cosa mucho más asombrosa. Llegó corriendo el becerro *Nube de Noviembre* y, pasando junto a ellos, se fue hacia el elefante; el elefantito le pasó su trompa por encima e intentó meterla en su boca y, desde luego, nadie dudó de que existía alguna relación entre ellos.

En aquel momento apareció una figura entre los árboles. Era pequeña y flaca, aunque fuerte, y sus piernas eran delgadas y torcidas como las ramas de un espino; sus ojos brillaban de bondad y astucia. Llamó a Konyek, pues no se atrevía a acercarse a los elefantes. Konyek le oyó y, de un salto, con la flecha aún en la mano, se acercó corriendo hasta él y le saludó afectuosamente. Todos le oyeron decir:

—Sé perfectamente que tú y tu pueblo sois cazadores de elefantes y coméis su carne, pero te ruego que perdones la vida a éste. Me ayudó igual que lo hiciste tú, y te pido que me proporciones alguna medicina que neutralice el veneno mortal de la flecha.

Al oír esto, el cazador abrió su bolsa de cuero y sacó un pequeño cuerno que estaba cerrado por uno de sus extremos. Quitó la tapa y dijo a Konyek que extendiera los polvos que contenía sobre la herida, para detener el efecto del veneno. Konyek lo hizo sin pérdida de tiempo, y durante todo el rato permanecieron junto a él la cría y el elefante.

Cuando terminó de curar al elefante, Ol-Poruo llamó al cazador y le pidió que le contara su encuentro con Konyek y todo lo ocurrido después. El *dorobo* le explicó que lo había encontrado en el valle, gravemente herido, y que lo había llevado al refugio que había construido con ramas, y que lo había cuidado hasta que se puso bien. Habló también del anciano que había encontrado en el valle y al que le había pedido que llevara un mensaje al poblado de Konyek. Y, finalmente, al ver que no venía nadie del poblado, cómo había conducido a Konyek hasta el poblado de los atacantes. Y que no le había vuelto a ver hasta este momento.

Toda la gente empezó a hablar al mismo tiempo, alzando sus voces como el sonido de la lluvia cuando golpea el suelo durante una tormenta, pues comprendieron que Konyek había dicho la verdad y que no había inventado ni una sola palabra de su historia. Ol-Poruo les mandó callar y se volvió hacia Parmet. Los rasgos de su cara eran duros y severos y ordenó al joven que explicara sus mentiras y la razón por la que había abandonado a su primo en la llanura para que muriera.

Pero Parmet no pudo hacerlo. Llevaba un largo rato temblando de miedo, y cuando intentó hablar empezó a tartamudear y a balbucear, y nadie pudo entenderle. Los chicos y chicas del grupo de las *Grandes Plumas de Avestruz* se revolvieron contra él indignados y le echaron en cara el modo tan vergonzoso como había actuado. Ol-Poruo les mandó callar una vez más, pues el asunto no había concluido aún. Y dijo:

—Hay un proverbio en nuestro pueblo que dice que un becerro es tan bueno como un hombre; pues si el hombre cuida bien a su becerro, éste se convierte en un animal excelente que le dará muchas crías. Así el hombre se hace rico y puede comprar muchas mujeres y tener muchos hijos. En este caso, Konyek ha actuado con gran valor y ha recuperado el becerro *Nube de Noviembre,* y éste se convertirá en un animal espléndido; así, pues, quizá como recompensa por su valentía, su padre le regale un día este becerro al que tanto quiere. A su fiel amigo el cazador, que salvó dos veces su vida, le ofreceremos un buey para que lo pueda sacrificar y disfrutar de él con sus parientes, y una vaca que esté criando para que pueda tener leche.

Konyek se sintió henchido de felicidad y los chicos y chicas del grupo de las *Grandes Plumas de Avestruz* se acercaron a él y empezaron a cantar y a bailar. Esa noche se sentó de nuevo en su choza de tierra y ramas, a la que acudió también el *dorobo,* que aceptó beber un cuerno de vino de miel. La luz del fuego iluminaba la cara sonriente de su madre y las cuentas de piedra de sus collares, que se extendían en un amplio círculo desde el cuello hasta los hombros; iluminaba también el círculo de niños reunidos a su alrededor y el rostro viejo de su abuela, ajado como la tierra en época de sequía. También iluminaba la redonda calabaza de miel que reposaba sobre la tierra. Konyek se sentía feliz al abrigo de aquella habitación.

Cuando su abuela acabó de contar una de sus historias, Konyek se escabulló aprovechando la luz de la luna y, acompañado del becerro *Nube de Noviembre,* se aproximó nuevamente al lugar en que se hallaban los elefantes. Observó que ya no había tres, sino muchos más, y que *Yoyo* tenía a *Leng-aina* a un lado, y al otro a un elefante desconocido y que entre todos la habían ayudado a incorporarse. No se atrevió a acercarse más, temeroso del elefante desconocido, pero su olor y el de *Nube de Noviembre* no pasaron inadvertidos a *Ol-Kulto,* que corrió hacia ellos. Los demás elefantes iniciaron la marcha y bramaron en señal de desaprobación por la acción de *Ol-Kulto,* a quien ordenaban que les siguiera. *Ol-Kulto* se dio la vuelta y corrió tras ellos, si bien a mitad del camino que separaba a Konyek y *Nube de Noviembre* de la manada, interrumpió su carrera y se detuvo. Allí permaneció un instante el animalito, iluminado por la luna que, brillante, permitía que se dibujaran en la oscuridad el bosque y las escarpadas colinas. Al final, el elefantito trotó con paso inseguro tras la manada. Konyek vio cómo desaparecía entre los árboles y su felicidad se enturbió con una nube de tristeza, como un bosque frondoso puede enturbiarse por un charco que, oculto, no es visible desde el exterior. Pero comprendió que así debía suceder y lo aceptó como corresponde a una persona adulta. Y él lo era desde el día en que fue atacado por sus enemigos.

Todo a su alrededor era ya tranquilidad y silencio, y Konyek regresó al poblado con el becerro *Nube de Noviembre,* del que ya era único dueño desde esta noche, puesto que su padre se lo había regalado como recompensa por su valor.

Contenido

EL BARCO DE VAPOR

SERIE NARANJA (a partir de 9 años)

EL BARCO DE VAPOR

SERIE ROJA (a partir de 12 años)